妲己の恋

～中華艶色譚～

Sayura Hinamiya
雛宮さゆら

JN267397

CHARADE BUNKO

Illustration

MAM☆RU

CONTENTS

妲己の恋～中華艶色譚～

CHARADE BUNKO

序章　『妲己』のふたつ名

伸ばした手は、白く細かった。

労働を知らない手だ。それを取った男のそれは陽《ひ》に灼《や》けていて無骨で、摑《つか》む力も強い。

莉星《りせい》は息をついた。その吐息はすでに濡《ぬ》れていて、腕を握った男がほくそ笑むのがわかる。

「そんな、色っぽいため息を」

昂奮《こうふん》を隠せないといった調子で、男が言った。

「誘っているのか……？　誤解するぞ」

「いい……」

掠《かす》れた声で、莉星は言った。

「誘ってる、んだ……早く」

白い咽喉《のど》を反らせてそう言うと、男は驚いたような、それでいて悦《よろこ》ぶような声をあげた。

「早く……、して……？」

莉星のねだる声に、男が固唾《かたず》を呑《の》んだのがわかる。手を握る男のそれに、力が籠《こ》もった。

ぐいと引き寄せられて、息を呑む間もなくくちづけられた。

「ん、……っ、……」

莉星は手を伸ばす。男の背に腕をまわし、抱き寄せる。

「積極的だな」

唇を合わせたまま、男は笑った。

「それほどに……我慢できないのか？」

「で、きな……」

掠れ始めた声で、莉星はささやいた。その声も、男の唇に吸い取られてしまう。彼は、咽喉の深いところを喘《あえ》がせた。

「あ、はや……、っ……」

唇を舐《な》められ舌を吸われ、莉星の声はままならない。掠れた嬌声《きょうせい》をあげながら、莉星の体は男たちのなすがままになる。

「……ん、っ、やぁ……っ……」

「おまえのその声を聞いているのは、わたしだけだと思うな？」

はっ、と熱い息を吐きながら男が言った。

「もうひとり、……ふたり。おまえの体を支配したいと思っているのが、ひとりやふたりだけだとは思わないことだ」

莉星は目を見開き、間近にある男の黒い瞳《ひとみ》をじっと見つめた。

「おまえは、妲己《だっき》と言われているようだな」

濡れた舌を伸ばした男は、莉星の唇を味わうように舐めながら言う。はっと、莉星は息を呑んだ。しかし男は、なおも彼の唇を舐めたまま言葉を続ける。

「おまえを抱いた者は、奈落《ならく》の底に落ちる、と……」

男は目を細めて、唇を歪《ゆが》める。

「それが本当か、試してみたいものだ」

「あ……、っ、……、っ！」

その拍子に足の指先を舐められて、莉星の体は大きく引《ひ》き攣《つ》る。もうひとりの男の唇は彼の指を一本一本舐めていく。それにぞくぞくと感じさせられ、莉星はくぐもった声をあげた。

「やぁ……、っ、……」

思わず足を蹴《け》りあげそうになり、しかし足は見知らぬ男の手に包まれて動かすことができない。男の舌は形をなぞるように執拗《しつよう》に莉星の足の指を舐め、そこから迫《せ》りあがるような快感が伝わってくる。

「ん、や……、っ……！」

舐めて莉星に声をあげさせながら、男はささやいた。

「妲己だという噂《うわさ》の流布を恐れて、おまえを避ける者もいるが……一方、おまえの体はたまらない快楽だという話も伝わっている」

「ん、……っ、……、っ……」

そう言いざま、男は莉星の舌を舐める。吸って、力を込めては彼に声をあげさせる。

「俺たちは、おまえに魅入られた男だ」

熱い吐息を、男は莉星の唇の上にこぼした。

「おまえが妲己なら、それはそれで構うまい。おまえに殺されるなら、本望だ……」

「っあ、あ……っ、……」

「おまえを味わわせろ？　噂どおり悦《い》いのか、おまえの体はどれほどの快楽なのか」

「い、っ……、っ、……、っ！」

足の指を吸う男が、ひときわ力を込めた。それにびりびりとする感覚を味わわされて、莉星は大きく身を震わせる。

「もう、それほどに感じているのか」

濡れた足の指に、やはり熱い吐息がかかる。

「震えている……ほら、足をぴくぴくさせて」

「い……、っ、……、いい……」

掠れた声で、莉星は言った。

「……か、ら……、もっと……、っ」

「たいした淫乱《いんらん》だよ」

唇を吸う男が、欲に歪んだ声で笑いながらささやく。

「ほら、見てみろ。こんなに頬《ほお》を赤く染めて、唇を震わせて。そこいらの女なんかよりも、ずっと色っぽい」

「まったくだ」

ちゅく、と莉星の舌を吸いあげながら、男がつぶやく。

「こっち……深くまで、挿《い》れてほしいんだろう？」

「っ、あ……、あ、あ……！」

男の手が、莉星の下肢をすべる。衣《ころも》越しに自身に触れられ、少しの刺激に反応するそこはひくりと震えて莉星にたまらない思いをさせた。

「やぁ……、っ、焦《じ》らさな、……、っ……」

「もう勃《た》っているのか」

昂奮を隠せない声で、男は言う。

「おまえの望むようにしてやってるんだろうが」

男は乱暴な口調でそう言うと、襟もとから手を差し入れてくる。ひやりとした手の感触に莉星は声をあげたものの、すでに熱く火照《ほて》った肌にはその感覚が心地《ここち》よかった。

「吸いつくような肌だな……触れていて、飽きない」

「愉《たの》しませてもらえそうだな」

男は、乳首を挟んだ指を動かした。体の中心に快感が走り、莉星は切れ切れに声をあげる。

「も、っと……強く……、っ……」

男の手が、莉星の胸もとを大きく開く。布地が破れてしまうのではないかというほどに、強い力だった。

「やぁ、あ……、ッ、……！」

淫《みだ》らな吐息が、男たちの口から洩《も》れる。明らかに、莉星の姿を目にして発情している。

胸もとを開いた男が、顔を伏せてきた。尖《とが》りきった乳首を吸われて、全身に痺《しび》れが走った。

「……っ、……あ、あ……！」

足と胸、それぞれ違う力で吸われるのはたまらない快楽だった。交互に力を込められ、刺激される。莉星は身を反らせて喘ぎ、そんな彼の体を男が押さえた。

「いぁ、あ……、っ、……！」

衣の下の自身が、頭をもたげる。先端から蜜《みつ》を垂らしているのが感じられる。ぞくぞくっと悪寒が走り、莉星の口を嬌声が破った。

「あ、あ……、っ、……」

「本当に艶《なま》めかしい。妲己と呼ばれるも道理……」

ひくり、と莉星は目もとを引き攣らせた。目を見開き息を呑む。男の手が下肢にすべり、褌子《こず》の釦《ボタン》を外し始めたのだ。

「ああ、あ……っ、……」

莉星の欲望は、すでに大きく勃ちあがっている。男の舌が、その先端をすべった。洩れ流れる淫液を吸われて、体は大きく跳ねた。

「っあ、あ……、っ、……」

舐めるだけでは飽き足らず、男は尖らせた舌の先を鈴口に突き込んでくる。そこは小さな部分だったけれど、敏感になっている体には的確に響く感覚となって莉星を喘がせる。

舌の一枚は先端を、一枚は根もとを舐める。双方からの刺激に大きく腰が震え、自身が震えた。快感は大きなうねりとなって莉星を襲い、あ、とひときわ大きな声があがったのと同時に、莉星の欲望は弾《はじ》けて白濁を垂らす。

「……ん、や、……っ、……」

はぁ、はぁと呼気が荒い。下肢から、ぺちゃぺちゃとなにかを舐める音が聞こえた。男たちの荒い呼気が聞こえ、莉星は大きく身を震わせる。

「甘いな」

乱れた声で、男がつぶやいた。

「思ったとおりだ……おまえの流す蜜は、甘い。病みつきになりそうだ」

男の手が、莉星の臀《しり》に触れた。それは勢いをつけて薄い皮膚を叩《たた》き、莉星は咽喉を反らせて反応した。

「叩かれて感じるのか？　面妖《めんよう》だが、……感じているおまえは、うつくしいな」

はっ、と熱い吐息が欲望に触れる。莉星は、ぴくりと体を震わせた。

「や……、奥、お、く……、っ……」

身を捩《よじ》らせて、莉星は叫んだ。

「挿、れて……っ、……、はや、く……」

低い声で、男は笑った。彼の手が伸びて、莉星の腿《もも》を撫《な》であげる。

「それほどに欲しいなら……脚を開け。自分で、そこを見せるんだ」

ひっ、と莉星は咽喉を鳴らす。目を開けると男の笑いを孕《はら》んだ視線があって、それに促されるようにゆっくりと脚を開いた。

「あ、……っ、……っ、……」

求めるところが、外気に触れた。ひやりと入り込んでくる温度に身震いし、同時に自身からは淫液が垂れ流れる。

「それだけで、感じるのか？　それとも、私たちに見られることに昂奮しているのか？」

「んぁ、あ……、っ、……っ」

莉星は下肢を揺らめかせる。自ら液を滲《にじ》ませることなどないはずの、双丘の奥が濡れているように感じた。男を求めてわななくそこに這《は》うざらついた舌の感覚に、身震いする。

「ん、……っ、……、っ……」

ぬめったものが、襞《ひだ》を拡《ひろ》げる。そこに唾液《だえき》が沁《し》み込んで、たまらない感覚を生み出していく。感じる部分を刺激される感覚に、莉星は声をあげる。

「ここ……ひくひくしているな」

ちゅくり、と舌先を突き込みながら、ひとりの男が言った。

「震えているのか？　それほど、心地いいか？」

男たちは、淫らな調子で笑った。その笑い声には、迫りあがる昂奮を隠せないといったわななきがある。

「やっ……、れ、て……、挿れ、……、っ……」

「ああ、挿れてやるとも」

男たちは、口々にそう言った。乱れる莉星を嘲笑《あざわら》っているようだったのに、本当に欲情をもてあましているのは彼らのほうだとでもいわんばかりだ。

「もっと脚を開け。挿れてやる」

ゆるゆると、莉星は言われたとおりにする。すると待っていたかのように、男の欲芯《よくしん》が腿をすべる。その熱さに震える秘所に、少しずつ太いものが挿《はい》ってきた。

「あ、……、っ、……、っ……」

「いい、な……」

掠れた声で、男がささやいた。その響きさえもが刺激となって、莉星の体を伝いのぼる。

「きゅうと締めつけられる……あ、あ……」

「……っあ、あ……、っ……！」

体を起こされて、莉星はより深く男を受け挿《い》れることになった。内壁をかき乱す男の欲望の熱さに震えながら、莉星はゆっくりと腰を落としていく。

「ん、く……、っ、……、っ……」

「そのような、声をあげて」

男は満足そうに笑い、再び下肢を揺すりあげる。襞を擦《こす》られると内壁を濡らす淫液がこぼれて、中に挿り込む男の動きを容易にした。

「中が……濡れてきたな。男も、ここは濡れるのだな」

男の手が、腰をすべる。撫であげられて震え、同時にかき乱されながら奥を目指す欲望に、震えた。

「それともおまえが、妲己だからか？　たまらないな……、莉星」

莉星は、男の腹に手をつく。不安定な体勢は欲情をますます煽《あお》り、莉星は自ら下肢を落とした。その拍子に、男の欲望が奥を突く。

「中が、きゅうきゅう締めつけてくる……私をとらえて、離さない」

「莉星、腰をあげろ」

昂奮を隠さず、もうひとりの男が乱れた息をつく。

「そのまま、腰を後ろに反らせるんだ。俺にも、おまえの深い部分を見せろ……」

「や、ぁ……、っ、……っ」

自分を犯す男の腕の中に、莉星は倒れ込む。強い腕に抱きしめられる。すると受け挿れたところがくちゃりと開いて、あがりすぎた熱を冷ますかのように外気が入り込んできた。同時に、もうひとりの男が挿ってくる。

「や、……、っ、……無理……」

懸命に息を吐こうとしても、うまく呼吸ができない。洩れる声はすべて喘ぎとなって、莉星は真冬に屋外に放り出されたかのように震えている。

「っあ、……、ああ……っ……」

「きついな」

後ろから突き込んでくる男が、莉星の背に熱い吐息をこぼす。

「中が、絡みついてくる……こんな……、気持ちよさそうに」

男が呻《うめ》く。掠れた声をあげたのがどちらかはわからなかったけれど、今の莉星にはどちらでもいいことだ。ただ満たされ、深くまで穿《うが》たれることだけが望みだった。

「ひぁ、あ……ッ、……っ、……!」

ずくずくと深い部分をかき乱され、引き抜かれる。その勢いは男たちの乱れた呼気とともに激しくなり、莉星は目の前がちかちかとし始めているのを感じる。

「今までの、なんか……比べものにならない」

低い声で、男は呻いた。それに続けて、もうひとりの男の声が絡む。

「妲己だってのは、噂だけじゃなかったってことか……？」

しかし莉星は、まともな言葉を綴《つづ》ることができなかった。ふたりの男に犯される衝撃はたまらない情動となって全身を駆け抜け、莉星の意識を奪っていく。

「この体を抱けば、災厄が訪れる……しかし、抱かずにはいられない魅惑を秘めた体……」

うなされているかのように、男はささやく。その声は震えて、まるで莉星の魔性に取り込まれてしまったかのようだ。

「妲己……」

「ひ……ぁ、あ……、っ……あ」

ふるり、と莉星は腰を跳ねさせた。ぞくぞくと快感が伝いくる。それに何度も身を震わせて、下肢から迫りあがる感覚に耐えた。

「い……、く、……、っ……」

「達《い》けばいい」

男が、低い声でささやいた。

「私たちに見られて、達け……おまえの、うつくしいところを見せろ」

「っあ、あ……あ、あ……、っ……」

白濁が弾ける。莉星の欲望が放たれ、彼は何度も大きく体を痙攣《けいれん》させた。

「……っ……、っ……あ、あ……あ、あ……」

長く、嬌声が洩れた。しかしくわえ込んだ男たちの怒張はそのままで、放ったにもかかわらず莉星の快感は途切れずに続く。

「ひ、ぅ、……、っ、……っ……」

髪を振り乱して、莉星は喘いだ。そんな彼の体を抱きしめ直すと、男たちはさらに彼を追い立てた。

「ああ、……、っ、……!」

あたりには、莉星の嬌声が響き渡る。思いどおりにならない体に、どうしようもない快感を与えられながら彼は身を捩らせ、声をあげ続けた。

第一章　真実の想い人

怠《だる》い体をもの憂げに起こし、莉星は窓の外を見た。

昨日の夜、降り続けていた雨はやんだようだ。あたりには小鳥の鳴き声が響き、爽《さわ》やかな風が流れている。あちこちについた雨粒がきらきらと光り、雨に洗われた庭は清浄そのものだ。

莉星は、横になっていた臥台《しんだい》から起きあがった。下肢が鈍く痛む。昨夜も過ごした荒淫のせいだけれど、莉星はそれに気づかないふりをした。

庭に出ると、夏の終わりの風の爽やかさがますます濃く感じられた。それに吸い寄せられるように、莉星は歩く。

「莉星さま、おはようございます」

「……ああ。おはよう」

声をかけてきたのは、手に箒《ほうき》を持った老人だった。傭人《しようにん》である彼は丁寧に莉星に挨拶《あいさつ》をして、少し離れたところを掃き始めた。莉星が生まれる前からこの家に仕えているこの庭《にわ》男《おとこ》は、挨拶をするためにわざわざ近づいてきたらしかった。

莉星は、息をついた。まだ夏の暑さも記憶に新しいのに、風は肌寒かった。それは莉星の抱く、後ろめたさのせいかもしれない。

雨のしずくにきらきらと輝く庭を、彼はしばらく見やっていた。視界の端に映ったのは、ふたりの女だった。丈の長い旗袍《チーパオ》には鮮やかな牡丹《ぼたん》の刺繡《ししゅう》がある。彼女たちははしゃいだ声をあげながら莉星を見ていたけれど、彼がそちらに目をやると驚いたような表情で視界から遠ざかってしまった。

莉星はまた、ため息をつく。母に仕える侍女たちが、遠目に莉星を見ていながら声をかけてこなかった理由。庭男の行動が異端なのだ。生まれたときから見ている莉星に親しみを持っているのだろうけれど、昨今の莉星の行動には呆《あき》れているに違いない。

しかしそれは、莉星にもどうしようもないことだった。昨夜も身を投じた快楽は思い起こすだに身の震えるものだったけれど、同時に莉星を嫌悪させる。誰が自分を抱いたのかなんて、覚えていたくもない。

「……、っ、……」

このたび体を走ったのは、悪寒だった。それは昨晩味わった快楽のようで、しかし莉星には不愉快でしかない。あたりが明るく、太陽の光に煌《きら》めいているからこそ自分の身は穢《けが》れていて、このような明るい場所に立っていることなど許されないと思うのだ。

涼やかな風が吹いて、莉星の衣を揺らす。あたりの木々を揺らし、葉に乗った水滴が散らばる。それが輝きながら宙を彩り、莉星の目を奪った。

「あ……、……っ」

その先に、紫色の長袍《ちょうほう》と揃《そろ》いの褲子をまとった姿があった。こちらに歩いてくる彼に目をみはり、莉星はきびすを返した。彼の視線から逃げようとしたのだ。

「莉星」

しかし彼は、目聡《めざと》く莉星を見つけた。力強い足取りが、莉星のもとへと向かってくる。その紫色の瞳にまっすぐにとらえられてしまえば、莉星はもう動くことができない。

「こんなところにいたのか。房間《へや》にいないから、どこに行ったのかと思った」

「……桂英《けいえい》」

掠れた声で、莉星はつぶやいた。

「なんの用だ」

「別に。……ただ、昨日の夜帰ってこなかったって聞いて」

「俺の勝手だろう?」

「そりゃそうだけど」

突き放すような莉星の言葉に、しかし桂英はくじけた様子もなかった。莉星のこのようなもの言いや、特に帰ってこなかった次の朝にこうやって見つけられて声をかけられたときに突っ慳貪《けんどん》になってしまうことを、桂英は気にしてもいないようだ。

「おまえ、顔色が悪い」

「桂英の、気にすることじゃない」

そっと頬を袖《そで》で拭《ぬぐ》ったけれど、そのようなことで桂英の目をごまかせるわけがない。彼は、心配そうな目で莉星を覗《のぞ》き込んできた。

そのようにじっと見つめられると、なんとも居心地が悪い。莉星はその場から姿を消してしまいたい衝動に駆られたけれど、桂英のまっすぐなまなざしに包まれて身動きが取れなかった。

莉星は、その青の瞳で桂英を見る。視線が合うと彼は微笑《ほほえ》み、ますます居心地の悪い思いにさせられた。しかしそれでも、桂英と一緒にいられることは喜びだ。

「また……なのか？」

そっと、桂英が尋ねてくる。言葉を濁す彼の口調に後ろめたさがますます大きくなる。それでも桂英の視線にとらえられたように、動けない。

「放っておいてくれ」

莉星の突き放したもの言いに、桂英は気にした様子も見せない。それどころか、気遣うように莉星を見つめて、ふたりの距離を一歩詰めた。

「それが……仕方ないことだっていうのは、わかっているつもりだけど」

心配した声音を隠しもせず、桂英が自分をじっと見ている。逃げ出したくもあり、同時に彼の視線を独り占めしていられるこの瞬間がなによりも愛《いと》おしくて、手放せなかった。

「でも、無茶はするなよ？　そんなに顔色が悪いのを見てちゃ、心配するなってほうが無理だろう？」

「それは、そうかもしれないけど」

莉星は口ごもった。桂英の手が伸びてきて、そっと頬に触れてくる。莉星は驚いたけれど、桂英もはっとしたようだ。

「な、なに……」

「ほら、体温だって下がっている」

桂英の手は、じんわりと温かかった。彼の体温が沁み込んでくるのが心地いい。莉星は思わず目をつぶってその感覚を味わい、顔をあげると見つめられていることに気がついて、はっと彼から遠のいた。

「温石《おんじゃく》を運ばせよう。顔色も悪いんだ、横になっていたほうがいい」

「だから、そういうことはいいって……」

「そうはいかない」

眉《まゆ》をひそめて、桂英は言った。

「こんなに冷えているのなら、見逃すわけにはいかない。いくら朝だからって、冷えすぎだ」

桂英は、莉星の手を取った。強い力で握られて、はっとする。しかし桂英はそんな莉星の反応になどお構いなしで、ぐいぐい引っ張って歩き始めた。

「桂英さま」

声をかけてきたのは、先ほどの庭男だった。莉星を前にしたとき以上に丁寧に桂英に頭を下げ、彼がこの家で尊重されていることが見て取れる。

改めて知るまでもない。双子の兄でありながら、桂英はこの家にとって大切な跡取り息子で、弟でありながら莉星は悪い噂ばかりを呼び込む厄介者なのだ。

そんな自責の念にとらわれながら、莉星は桂英に引っ張られるがまま房間に戻る。桂英は莉星を臥台に入れることとしか考えていないらしく、そんなふうに彼の意識を自分が占めていることを、嬉《うれ》しく思った。

「莉星、早く沓靴《くつ》を脱いで」

桂英は、急《せ》かすように言った。莉星は引っ張られた勢いで臥台の上に座り、上目遣いで桂英を見あげると、そっと足を突き出した。

「脱がせて」

「わがままだなぁ」

そう言ったものの、桂英はいやがっているわけではないらしい。すぐにしゃがんで、莉星の沓靴を脱がせてくれる。

裸足《はだし》に彼の手が触れて、どきりとした。しかしそんな莉星の心のうちには気づいていないような桂英は、そのまま莉星の背を抱いて寝かせてくれた。

「やっぱり、冷たい」

叱《しか》る口調で、桂英は言った。

「どのくらいあそこに立っていたんだ？　それとも、体に障りがあって冷たいのか？」

それなら医師を。そう言いかけた桂英を、莉星は遮った。

「たいしたことない。こうやって、横になる必要もないんだ」

「そうか？　しかしそんなに顔色が悪いのに」

桂英の手が伸びてくる。また頬に触れられ、彼の手の温かさが身に沁み込んできた。

「今にも倒れそうだったぞ？　見てられない。今朝《けさ》は、おまえに会うことができてよかった」

そう言いながら、桂英は掛布越しに莉星の体を撫でてくれた。彼の手の感覚が心地いい。先ほど目が覚めたばかりの寝床の中で、莉星は再び眠ってしまいそうになる。

しかし同じ屋根の下とはいえ、会うことも稀《まれ》な兄だ。この家の将来を担い、勉学に忙しい桂英は、出来損ないの弟などと顔を合わせる時間はないのだ。

「俺なんかに構っている暇なんてないだろう」

だから、なおも開き直った調子で莉星は言った。

「母屋《おもや》に戻らないと、母さまがうるさいんじゃないのか？　俺の房間に寄ってたなんて知ら

れたら、叱られるぞ」

「なんだ、そんなこと」

莉星の体を、夜着越しに撫でながら桂英は言った。

「母さまのことなんて気にするな。俺が、おまえを構いたいから構うんだ」

桂英の言葉に、思わず彼を見つめてしまう。彼は、微笑みを浮かべて莉星を見ていた。

「それに母さまだって、おまえの身を案じていらっしゃる……おまえが寄りつかないだけで、いつも房間には蛋撻《タンター》を用意していらっしゃる」

寝床の中で、莉星は顔を熱くした。卵を使った乳酪《にゅうらく》を粉の生地で包んで焼きあげた蛋撻は莉星の好物だったけれど、母親がそのことを覚えているとは思わなかったからだ。

「……なんでおまえが、そのことを知っているんだ」

「長く一緒にいると、母さまの気性くらいわかる」

にやり、と笑って桂英は言った。

「父さまだってそうだ。口には出さないけれど、おまえのことを案じていらっしゃる」

枕《まくら》に頭をつけたまま、莉星は大きくため息をついた。

「なんだ、ため息なんてついて」

「……俺のことなんか、構わなくてもいいのに」

つぶやくと、桂英が少し眉根を寄せた。

「父さまも母さまも、俺のことを忘れてくれたらいい」

「おいおい、そんなわけないだろう」

桂英は、面白いことを聞いたとでもいうように、笑った。

「おまえのことを忘れるなんてことがあるもんか。母さまは、ときどき俺のことを『莉星』と呼び間違えられる。父さまだって、口に出してはおっしゃらないけれど、おまえのことを心配しているのはわかる」

「そんなこと……」

吐き捨てるように莉星は言った。そして桂英に背を向けると、目を閉じてしまう。

「莉星」

仕方ないというように、桂英は莉星の髪を撫でた。青みがかった艶《つや》を持つそれを、まるで愛おしいものであるかのように撫でる仕草は、彼に愛されていると錯覚してしまう。

「そんなに、気にすることないのに」

笑いを含んだ調子で、桂英は言った。

「おまえのことは、俺たち家族がよくわかってる」

桂英に背を向けたまま、莉星は顔をしかめた。そんな表情が彼の目に映るはずはない。桂英は髪を撫で続け、莉星は視線を兄から遠ざけても、それを拒もうとは思わなかった。

「おまえがそうなのは……仕方ないことだ。父さまたちも、それは理解してくださっている」

「俺みたいな、まぐわいなしじゃ生きていけない人間のことをか？」

あからさまな言葉でそう言った莉星に、桂英はため息をついたけれど、しかし髪を撫でる手は止めなかった。

「そう言うな」

「桂英も、俺の兄なんだ。いつ、俺みたいになるかわからないぞ？」

「それで、おまえの苦しみがわかるんならな」

莉星は髪を撫でる手を振りきって、桂英のほうを見た。彼の紫色の瞳は、心から莉星を労《いたわ》るように注がれている。

思わずため息をついた。気休めのように莉星を慰めることを言う桂英は、どこまで本心を述べていて、どこまで問題児である弟をからかっているのかと思うところだけれど、彼はどこまでも本気なのだ。彼は裏表のない人物で、本当に莉星のことを心配してくれている。そのまっすぐな気性が疎ましいときもあるけれど、だからこそ桂英は、莉星の愛おしい相手だった。

莉星は、じっと桂英を見た。そんなまなざしをどう取ったのか、桂英は手を離してしまう。それでも視線を逸《そ》らせることはなく、莉星の目を見つめ返した。

「どうした？」

「……なんでも」

口は無愛想なまま、それでも桂英に注ぐまなざしは変えることなく、莉星は兄を見つめ続ける。

「そうだ、おまえ。早餐《あさごはん》がまだだろう？　一緒に行こう」

「横になっていろと言ったのは、桂英なのに」

彼とともにいることはやぶさかではないけれど、父や母のいる母屋に行くのは気が重い。どうしようもない生活を送っている莉星だけれど、それでも両親の厄介者になっていることは空恥ずかしいことだった。

「行きたくないよ、母屋になんて」

莉星は、小さな声でそう言った。

「俺は、ここでいいんだ。父さまにも母さまにも……桂英にも、会いたくない」

「そんなこと言うな」

桂英は少し声を尖らせたものの、すぐに笑顔を見せる。

「な？　いい子だから。それとも、こっちに運ばせるのならいいか？」

「……それだったら」

思わず口にして、はっとした。桂英はにわかに相好を崩し、その笑顔に莉星は見とれた。

「じゃあ、ここに運ばせよう」

桂英は喜びの表情を隠さず手を打って、現れた佣人に、ふたりぶんの早餐を運ぶように告げた。

兄と一緒に、食事だなんて。莉星は気恥ずかしさにとらわれたけれど、心のどこかにこの経緯を嬉しいと思う気持ちもある。

桂英を慕う気持ちは、いつ生まれたのか。生まれたときから一緒だった彼と、道が違ってしまったのはいつのときだっただろうか。早餐がくるまでと桂英が語って聞かせてくれる日々の話に傾けるともなく耳を傾けながら、莉星は考えた。

ふたりはともに生まれ、もうすぐ十九歳になる。それまで師をともにし、真面目《まじめ》に勉学にいそしむ兄弟だった。その道が外れた——莉星が自ら外れたのは、十六歳のころだった。供ひとりをつけて、城下に出た帰りだった。莉星は物陰に引き込まれ、身を穢された。女でもない身に起こったことは、なんでもないと自分に言い聞かせた。しかしその衝撃は、強がる以上に莉星の体に影響を与えていたのか、それともこの身に宿るものを目覚めさせたのか。

莉星は、男とのまぐわいを求めるようになった。自分でも知らないうちに道に出て、男を誘う。もともとの美貌《びぼう》も相まって、旗袍をまとえば女のように見えるし、誘いに乗った男が莉星が同性だと知って手を引くことはなかった。十六歳にして、莉星の美顔は男を惹《ひ》きつけて離さなかった。

そのことは彼にとって、幸運だったのか不運だったのか。莉星は確実に歩いていたまっとうな日々を捨てた。男たちに体をもてあそばれることにしか喜びを見いだせなくなった莉星は、桂英とどちらが跡目を継ぐかと目されていた道から脱落したのだ。

莉星が自分の想《おも》いに気がついたのは、そんな日々の中だった。今までともに歩いていた兄の背が遠くなり、一緒にいることがあたりまえだった存在が遠くなっていくにつれ、彼にたまらない思慕を抱いていることに気がついた。

それははじめ、一番近い存在だった兄の存在を失ってしまったことから生まれる哀愁だと思っていた。親しい兄を、自らの手で遠のけた愛執《あいしゅう》だと思っていた。しかし顔もよく知らない男に抱かれる夜、その顔を桂英と錯覚した莉星は驚愕《きょうがく》に目を見開いた。

畜生同然に堕《お》ちた莉星に、残っていた人らしい心。それは、実の兄への恋心だった。いつ生まれたのかもわからない感情は大きく育って、莉星の胸の奥に巣くっていた。そのことに気がついた莉星はあえてその気持ちを封じようとしたけれど、自覚した想いは莉星を揺さぶるばかりで、自分の心に戸惑った。

莉星は、桂英を愛していた。自分の命以上に大切なものだと、なによりも大事なものだと、全身からほとばしるような想いで、愛していた。

第二章　不穏な空気

男が、莉星に話しかけてくる。

「知ってるか？」

「……なにを？」

まぐわいはもう終わったのに、男は裸の体を重ねてくる。それから逃げようとしながら、しかし体の力が入らない。結局は男のなすがままになりながら、莉星は怠い身を男に任せる。

「李《り》剛《ごう》癸《き》のことだ。商いでしくじりをやらかしてな。首を吊《つ》ったらしい」

「剛癸……？」

莉星は、眉根を寄せた。聞いたことがある名のような気もしたし、覚えなどないようにも感じた。

「薄情なやつだ」

そんな莉星に、男は呆れたように笑った。

「おまえ、剛癸と寝ただろうが。妲己を抱いたと、あいつは吹聴してまわっていたぞ」

「ああ……」

そう言われれば、いつぞやそのような名の男を相手にしたかもしれない。しかし莉星には興味のないことで、男に抱きしめられるがままに、深い息を吐いた。

「名を上げたな」

「なんのことだ」

男は、楽しげに莉星の瞳を覗き込んでくる。

「妲己の名だよ。妲己を抱いた男は、ことごとく滅ぶ……妲己にとらわれたが最後、その呪《のろ》いはどこまでも追ってくる。物盗りに襲われた者もあったし、なぜか自ら川に入り込んで死んだ者もあったな」

「じゃあ、おまえも同じだな」

その目を見返しながら、莉星は言った。

「おまえも、その妲己を抱いたんだ。死ぬのは、時間の問題だ」

「違いない」

男は、声を立てて笑った。

「しかし、おまえを抱くことができたんだ……命など、惜しいものか」

そして莉星を、ぎゅっと抱きしめる。息苦しさに莉星は身じろぎしたけれど、男はそのようなことはお構いなしだ。

「この、極上の体を味わうことができれば……男として、本望だ」

気が知れない、と莉星は思う。しかし莉星自身、男に抱かれることでどうにか正気を保っている身だ。男たちが、そんな莉星を抱くことに価値を見いだしているのなら、互いに都合がいいということになるだろうか。

もっとも男たちは、命をかけて欲しいものを手に入れるのだけれど。

男は、莉星の耳にそっと唇を這わせてきた。耳朶《じだ》にちゅっと音を立ててくちづけられ、まだ敏感な莉星の体はそれに反応して大きく震えた。

「聞いたか?」

「……今度は、なんだ」

うっとうしいという態度を隠しもしない莉星に、苦笑しながら男は続ける。

「最近、都に出る人攫《ひとさら》いのこと」

「……ああ」

ため息とともに、莉星は言った。

「誰か……そんなこと、言ってたな」

「おまえは、噂話になんか興味がないもんな」

男は笑って、莉星の体を撫でる。肌は粟立《あわだ》ったけれど、莉星に逃げる術《すべ》はない。

「おまえが興味があるのは、……こういうことだけ、だろうが」

ざらついた手が、莉星の白い肌に痕《あと》をつける。今までのまぐわいの間は気にならなかったのに、いったん体が冷めてしまうと、どうしようもなくおぞましいものに感じられた。

「その、人攫いがどうした」

そんな莉星の心になど思い及んでいないらしい男は、ああ、とうなずいた。

「金持ちも貧しい者も、見境なく攫う。その基準がどこにあるかわからなくて、誰も彼もが戦々恐々としている」

眉をひそめて、莉星は男を見た。彼の視線をとらえることができたことを喜ぶように男は笑い、なおも手を這わせてくる。

「ただわかっているのは、攫われるのは皆、見目麗しい者だということだ」

莉星の眉根の皺《しわ》は、深くなった。そんな彼の顔を見て笑い、男はますます体を擦《す》り寄せてくる。

「気をつけろよ、おまえはうつくしい……今までその餌食《えじき》にならなかったのが、不思議なくらいなんだからな」

「俺なんか……」

ため息とともに、莉星は言った。

「攫われるのなら攫われて、いなくなりたい」

「まぁ、そう言うな」

莉星の頬にくちづけを落としながら、男は応《こた》えた。そのまま、にやりと笑う。

「おまえに恋い焦がれている男が、どれだけいると思うんだ？　おまえと枕を交わしたことが忘れられずに、もう一度と願っている者が、どれだけいると？」

「どうせ、その者たちもすぐに死ぬ」

吐き捨てるように、莉星はつぶやいた。

「俺と関《かか》わって、死んだ者は何人になるんだ」

「私の愛しい、妲己」

なおも笑いながら、男は言った。莉星の体をぎゅっと抱きしめてくる。

「その呪いがあるからこそ、おまえはますますうつくしく輝く……そんなおまえを愛おしんでいる者が大勢いることを忘れるな」

「いやだ……、その、呼ばれかた」

「おまえが女なら、まさしく妲己だというところだな」

男は、莉星の耳に口を寄せた。

「しかしおまえが男だからこそ、これほどの悦い思いをさせてもらえる」

そして今度は、唇にくちづけられる。

「も……、や、め……っ……」

「おまえの体が、反応している」

言って、男は莉星を組み伏せた。

「まだ足りないと……、もっとしたいと、思ってるんじゃないか？」

「そんな、こと……」

そう言いながらも、男に撫でさすられるうちに体が熱くなってきたのは逃れられない事実だった。先ほどまで、冷めた肌は男の体温をおぞましく思っていた。しかし一度馴染《なじ》んだ体は易々《やすやす》と屈服させられ、莉星は再びまぐわいの熱に溺《おぼ》れていこうとしている。

「あ……、っ、……」

肩口に、男の唇が押しつけられた。ちゅっと吸いあげられて体が震える。そんな彼の反応を愉しむように男はなおも唇を這わせ続け、莉星に声をあげさせた。

□

離れにある莉星の房間への回廊が、賑《にぎ》やかだ。

臥台でうとうとしていた莉星は、いつにない騒ぎに目を覚ました。寝ぼけた頭のままぼんやりしていると、房間の扉を叩く音がする。

「莉星さま」

佣人の声がした。それに完全に眠りを破られて、莉星は起きあがる。ため息とともに、声をあげた。

「どうしたんだ」

「あの……麗麗《れいれい》さまが」

「母さまが？」

母が訪ねてくるなど、めったにないことだ。莉星の眉根に、皺が寄る。

「なんのご用なんだ」

「それが……」

扉の向こうの佣人は、驚いたように声をあげた。なにごとかと、莉星の眉間の皺はますます深くなった。

「麗麗さま！」

「莉星はいるの？」

母の声が響く。莉星は体を緊張させた。淫奔《いんぽん》の道に堕ちてから、母とはまともに話をしたことがない。先日桂英に母屋に連れていかれそうになったけれど、たとえ桂英を振り払ってでも、父や母とは顔を合わせたくなかった。合わせる顔など、ないと思っていた。

「……莉星」

久しぶりに姿を見た母、麗麗は記憶の姿と変わらなかった。落ち着いた朱色の旗袍は、若々しい黒い髪によく似合っていた。幼いころ、その膝《ひざ》に甘えた思い出が蘇《よみがえ》ってくる。

「か、あさま」

驚きに思わず口ごもってしまうけれど、そのようなことには構わず麗麗は房間に入ってきて、莉星の顔を見るとほっとしたような顔をした。

「莉星、変わったことはない？」

麗麗の、思いもしない口調に莉星は目を見開いた。てっきり以前のように、莉星が堕ちた悪道をなじられ叱咤《しった》されるのだと思ったのに、心配を隠しもしないで目の前に立つ麗麗の口から、非難がましい言葉が出ることはなかった。

「おまえのことには、口を出さないようにと桂英が。でも、城下がこんなに騒がしくて、おまえを放ってはおけないと思ったのよ」

「騒がしい？」

莉星は臥台を下り、母の前に膝をつく。そんな莉星に驚いたようだったけれど、麗麗は母らしく鷹揚《おうよう》に倚子《いす》に座り、莉星にも腰掛けるように勧めた。

「どういうことなのですか。城下が騒がしいとは……」

ああ、と莉星は思わず声をあげた。いつかの夜、忍んできた男がそのようなことを言っていた気がする。そのときはたいして気にも止めなかったし思い出すこともなかったけれど、こうやって麗麗がわざわざ足を運んでくるとなると、どのようなことが起こっているのかと気になる。

「おまえも、聞き及んでいるでしょう？」

目をすがめて、麗麗は言った。

「ここしばらく、王都に現れる人攫いのことよ」

「話には、聞いていますが」

そのような噂話をしに、麗麗は長く足を運ばなかった息子の房間にやってきたというのだろうか。訝《いぶか》しく、莉星は母を見た。

「犯人が何者なのか、まだわかっていない……けれど、攫われる人たちの特徴がわかりはじめてきたというの」

麗麗は、ぶるりと身を震わせた。見ている莉星にも、その悪寒が伝わってきたように感じる。

「莉星、おまえくらいの年ごろで、鮮やかな瞳の色……」

思わず莉星は、目もとに手をやる。ぱちりとまばたきした目は、確かに鮮やかな青だけれど。

「で、も……そのような特徴を持つ者は、たくさんいます」

戸惑いながら、莉星は言った。

「青の瞳なんて、珍しくもありません。それに、鮮やかな色というのなら、桂英だって」

ええ、と麗麗はうなずいた。

「もちろん、桂英にも護衛をつけてあるわ。それでも、攫われるのはひとりやふたりではないの。日に何人も連れ去られているわ。おまえたちがその餌食にならないなんて、誰が言えるの？」

「それは……」

莉星は言い淀《よど》む。麗麗の注いでくる瞳の色は青で、莉星は母の目の色を受け継いだのだ。

「特におまえは、私の目の届かないところにいるから不安になって」

麗麗が、莉星のことを心配してくれている気持ちは確かなようだ。莉星は思わずうつむいた。今まで不義理をしていたことが申し訳なくなり、顔があげられない。

これまで放っておいて、急に心配しているところを見せるなんて、とは思う。しかし放っておかれるように仕向けたのは莉星だし、それでもなお、こうやって来てくれる母の存在をありがたいと思いこそすれ、煩わしいと思う理由はなかったのだ。

「あ、の……」

小さな声で、莉星は言った。

「いつ、も……ご迷惑をおかけして」

麗麗は、少しだけ困ったような顔をした。それでもすぐに、なにもかもを受け入れる母の顔になった。その表情は莉星の世話を焼く桂英のものに似ていて、母なのだからそれも道理と密《ひそ》かに得心した。

「ずいぶんと、殊勝なのね」

「そういうわけでは」

莉星は慌てた。息子を目をすがめて見た麗麗は、長居されることを嫌う莉星の心を読んだかのように立ちあがった。

「とにかく、そういうことなの。おまえにも護衛をつけるから、そのつもりでいてちょうだい。煩わしいかもしれないけれど、おまえの身を守るためなのだからね」

麗麗の手が伸びてきて、頭を撫でられた。そのことにくすぐったい思いをしたけれど、こんな息子にも気を遣って、護衛までつけてくれるとは、頭があがらない。

「……ありがとうございます」

掠れた声で莉星が言うと、麗麗は威厳を持った微笑みを浮かべた。そして裙子《くんず》の裾《すそ》を翻して、部屋を出ていってしまう。

白粉の香りが遠のいて、莉星は息をついた。母が自分に気を遣ってくれているのはありがたいけれど、やはり一緒にいると気詰まりだ。自分の性癖を知っている者とは、あまり関わり合いになりたくない。

「いっそ……」

莉星は、そっとつぶやいた。

「いっそ、攫われてしまえば」

このような性癖を持って、兄弟や両親に心配をさせて。このような自分はいなくなってしまえばいいと思う一方で、桂英への想いが莉星を押しとどめている。

彼に二度と会えなくなるのはいやだ。たとえ触れ合うことがなくとも、ひとつの屋根の下で暮らしているというだけで莉星の心は温かくなる。

おめおめとこの家に居座っているのは、ただ桂英がいるからにほかならない。ひとつの想いが、莉星を引き止めている。そうでなければ妲己とまで綽名《あだな》されるこの穢らわしい身、失《しっ》踪《そう》なり自死なり、選ぶ道はいくらでもあるはずなのだ。

「桂英……」

せつない想いとともに、莉星は胸もとに置いた手をぎゅっと握りしめた。拳《こぶし》に、心臓の鼓動が伝わってくる。その動きはここにはいない桂英を呼んでいるかのようで、そのことに息が苦しくなった。

莉星は、臥台に突っ伏した。桂英の名を繰り返しつぶやいていると、体の奥が熱くなってくる。中心が、熱を帯びてくる。

「……あ、あ……、っ……」

莉星は思わず、自分の下肢に手をやった。褲子越しの欲望が膨らんでいるのがわかる。それは布越しの刺激にもどくりと反応し、莉星はまた声をあげた。

「っ、……、う……っ……」

撫でさすればさするほどそこは大きくなり、どくどくと鼓動を刻みだす。伝わってくる振動に合わせるように手を動かして、ややあってもどかしく手を褲子の腰部分にすべり込ませ、自身を握って上下に扱《しご》く。

「ん、……、っ、……、っ……」

手の動きを悦ぶそこは、先端からぬめりを生み出した。それが手にまで伝って、じゅくじゅくと音がする。その音にも煽られて手の動きを強くすると、自身はますます硬くなった。

「は……ぁ、あ……、っ……」

指先を、先端のくぼみに突き立てる。きゅっと擦ると、びりびりした感覚が伝わってきた。それに背を震わせながらなおもいじり、指を幹に絡めては扱き、そのうちに孕む熱はより高くなる。

「……っ、……う……」

それでも、足りない。莉星を抱く男たちの与えてくれる快感にはほど遠い。少しでも記憶の快楽に近づけようと手の動きを強めるけれど、もどかしさがつのるばかりだ。莉星は大きく、身震いをした。

「ああ……、桂英……」

それは微《かす》かに、咽喉の奥から洩れこぼれた名だった。莉星はとっさにまわりを見まわすが、しかし人の気配などない。そうでなくても張りつめた欲望は限界を示していて、手の動きを止めることなどできなかった。

「け……、い、……え……」

彼の名を綴ると、欲情はますます大きくなる。手の中のものが、どくりと大きく震えたのがわかった。それに煽られるがままに莉星は手を動かし、腰の奥が大きくわななくのを感じる。

「や、ぁ……、っ、……っ」

ふるり、と下肢が揺らめき、手の中に熱いものが散った、荒い呼気とともにそれを受け止め、莉星は激しく肩を上下させながら、なおも桂英の名を呼び続ける。

「……は、……、ぁ、あ……っ……」

ぼやけた視界の中に、桂英の顔が消えては浮かぶ。このような莉星の姿を見たら、さすがの桂英も呆れるだろう。そんな彼の顔を見たいような気もして、同時に彼の唖然《あぜん》とした表情など見たくはないような気もした。

莉星は自分を嫌悪して、大きく身を震った。汚れた手を敷布で乱暴に拭い、体を起こす。心臓はいまだどくどくと激しく打っていたけれど、それを無視して莉星は立ちあがった。

こうやって、桂英への想いも無視してしまえればいいのに。なにもないかのように、彼の前で笑うことができればいいのに。しかし莉星は、それほどに器用ではなかった。桂英に笑みを見せることもできず、彼に想いを伝えることなどできるわけがない。

押し殺した気持ちは、この先どうなってしまうのか。さまざまな男たちに抱かれるだけでは飽き足らず、桂英をも誘うようになってしまうのではないか。

そのようなことをして、彼に嫌われたくない。桂英が自分の性癖を知っているというだけでどうしようもなく恥ずかしいのに、いつ彼に迫ってしまうか知れない。いつ彼にしなだれかかってしまうか知れない。そんな自分を恐れ、嫌悪し、それでも桂英への想いを断ち切ることができない。

「桂英……」

自分の体を抱きしめて、莉星は呻いた。彼の名は甘く胸に沁み込み、同時にどうしようもない焦燥に駆られた。

□

しくしく、しくしくと泣き声が響く。

春の庭園には、桜の花びらが舞っている。淡い紅色の降り注ぐ中、しゃがみ込んでいる少年の姿があった。

少年は泣いていた。肩を震わせて、不規則にしゃくりあげ泣き続けていた。

「泣くなよ」

そんな彼のかたわらに立った姿があった。泣いていた莉星は、顔をあげる。そこにいたのは艶めいた黒髪に、紫色の瞳。紺色の長袍に揃いの色の褲子をまとい、少し首を傾《かし》げて立っている。

「母さまに叱られたの、そんなに悲しかったのか?」

「桂英……」

莉星は、涙に曇った目を見開いた。そこには双子の兄の桂英がいて、同情するような、それでいて叱りつけるような表情で立っている。

「別に、そんなんじゃない」

震える声で、莉星は言った。

「母さまなんて、関係ない」

「佣人房間に入り込んで遊んでたって、本当なのか?」

「……それは」

莉星は、そっぽを向いた。桂英はその視線を追いかけてくる。

佣人房間でなにをしていたかなんて、言えるはずがない。彼らに体を触られて、悦びを感じていたなどと言えるはずがなかった。

「おまえには、関係ない」

桂英から目を逸らせたまま、莉星は言う。

「関係なく、ない」

なおも桂英は言いつのり、莉星の顔を覗き込もうとする。

「おまえ……最近、なんだか変だぞ」

莉星は、はっとした。とっさに唇を噛《か》み、桂英と視線を合わせないようにする。

「なにか、俺に隠してることがあるだろう？」

「どうして、なんでもおまえに言わなきゃいけないんだ」

目線を逸らせたまま、莉星は言う。桂英もともにしゃがみ込み、じっと莉星を見つめてきた。

「だって……俺たちは、兄弟だろう？」

桂英は、抗《あらが》えない事実を突きつけてきた。莉星はうっと、言葉に詰まる。

「たったふたりの、兄弟じゃないか。それなのに、おまえは俺に言えないことがあるのか？」

「……兄弟とか、関係ない」

ふいと、彼から視線を逸らせて莉星は言った。

「どうして、兄弟だからってなんでも言わなくちゃいけないんだ」

「それは、そうだけれど」

急に桂英は、ものわかりのいいことを言う。

「でも、俺には言ってくれてもいいじゃないか」

そしてまた、莉星を揺さぶるようなことを口にした。

「どうして言えないんだ？　おまえのことなら、なんでも知っておきたいのに」

「桂英……」

その言葉に、絆《ほだ》されそうになった。しかし口が緩むことがあってはいけないと、慌てて唇を引き結ぶ。

「言えない」

そう言ったきり、莉星はなにも言わなかった。桂英は困ったように眉根を寄せていたけれど、やがて小さくため息をついた。

「わかった」

そのもの言いがあまりにもあっさりしていたので、莉星は驚いて彼を見る。

「もう、聞かない。……けど」

「桂英……？」

彼の手が、伸びてくる。それが莉星の髪に触れ、思わずびくりとしてしまう。

「おまえのほうから言いたくなれば、言ってほしい。俺は、いつでも待っているから」

莉星は、目を見開いた。桂英の手があまりにも優しかったから。その声が、驚くほどに柔らかかったから。

「おまえのことなら、なんでも知りたいんだよ」

莉星の抱《いだ》く闇《やみ》など、思いもしない調子で桂英は言う。莉星は、思わず彼を見つめる。

「おまえのことを、知っていたい……なんでも、莉星のことなら知っておきたいんだ」

それは、言う者によっては陳腐な言葉だっただろう。しかし桂英が心の底からそう思っていることは疑いようもなくて、莉星は目を見開いて桂英を見る。涙は、もう乾いてしまった。

「どうして……、そんな、こと」

「だって、莉星は俺の弟じゃないか」

桂英は腕を伸ばす。ぎゅっと抱きしめられて、莉星の胸が大きく鳴った。

「俺がおまえのことを知らなくて、誰が知るっていうんだ？　俺が……俺こそが、莉星のことを知るべきなのに」

ごめんな、と謝られた。それがどういう意味か最初はわからず、ややあって莉星の性癖のことを言っているのだと気がついた。かっと、体中が熱くなる。

「ごめんな、おまえのことわかってやれなくて」

莉星を抱きしめながら、呻くように桂英は言った。

「でも、わかりたいと思ってるんだ。……莉星の身に起こったことも、全部」

きれいごとばかり言う兄が憎らしくて、同時に愛おしかった。穢れた自分とは違い、どこまでも清純な桂英。身も心もうつくしすぎる彼に抱きしめられることに、恥じらいと同様に安らぎを感じている。

（俺も……桂英にならわかってもらいたい）

桂英の腕の中で、莉星はそっとつぶやいた。

（この、こと。桂英になら、知って……）

ふるり、と莉星は身を震った。

（だめだ。あんなこと……桂英には、言えない）

夜ごと、さまざまな男たちに抱かれて声をあげているなんて。自分でも浅ましいと思う姿を、桂英にだけは見られたくない。この苦しみを知ってほしいと願う一方で、桂英には知られたくないという二律背反に苛《さいな》まれている。

「莉星……？」

「桂英には、関係ない」

だから莉星は、突き放すように言った。顔をあげると、桂英は傷ついたような顔をしていた。その表情に、莉星の胸にも突き刺さるものがあったけれど、それには気づかないふりをした。

莉星は、桂英の腕を振り払った。声をあげる桂英を無視して走り出し、人気《ひとけ》のない軒下に身を隠す。

「は……、っ、……」

走ったことで乱れた呼気を整えながら、莉星はぶるりと身を震った。全身には、桂英に抱きしめられた感覚が残っている。それが体中に広がって、莉星の震えは大きくなった。

そんな記憶が、蘇ってくる。臥台の上で莉星は体をわななかせ、自分自身を抱きしめた。

「……あ、あ……」

莉星の手は、自分の体を這う。袍の上から胸を擦ると、触れられて感じることに慣れた乳首が反応する。ふるりと体をわななかせながら、それを両手の指で抓《つま》んで擦り、すると全身にびりびりと走るものがあった。

「っあ、あ……、っ……」

か細い声をあげながら、莉星の手は袍の上をすべる。すでに勃ちあがった欲望の形をなぞり、褲子越しにぎゅっと握る。

「ふぁ……、っ、……」

布に擦られるそこからは、たまらない快感が湧《わ》き起こった。下肢を震わせながら、莉星の手が上下に動く。布目の感覚が、直接触れられるのとは違ったぞくぞくとする快楽を生み出す。

「……ぃ、あ、……っ、……っ」

どくり、と腰が大きく震える。莉星は唇を噛みしめた。下肢が痙攣し、褲子の下で欲望が弾ける。その衝撃に何度も息をつきながら、莉星は目を閉じた。

（こんな……、俺のこと）

乱れた息を何度も吐きながら、莉星は巡る考えに身を委《ゆだ》ねた（桂英は……、知れば、俺のことを嫌いになるに違いない。もう俺と、口なんか利いてくれなくなるに違いない。……）

褌子越しの自身に触れる手が、止まった。脳裏に桂英の姿が巡る。快楽を求める体と、それを押しとどめる桂英の顔が交錯し、唇を噛む歯に力が籠もった。

「……は、ぁ、……」

頭の中の桂英が、にわかに軽蔑《けいべつ》したような表情を浮かべる。目をすがめて莉星を見て、そのままきびすを返してしまう。莉星が追う間もなく、その背はどんどんと遠くなる。

「桂英……！」

思わず声に出してしまい、はっとした。ここは誰もいない自分の房間で、莉星の声を聞くのは通りかかる野良猫くらいなものだろう。しかし莉星は、自分の声を恥じた。きゅっと唇を引き締め、それ以上の言葉を洩らさないように歯を食いしばった。

男たちにもてあそばれているこの身だけれど、真実抱かれたいのは兄の桂英だ。そのことを身をもって実感し、莉星は震えた。同時に、願いが叶《かな》ってはいけないこともわかっているから。

莉星の想いが、叶うことはない。これは、永遠に隠しとおさなくてはいけない感情なのだ。

第三章　歃血城の主

　ここしばらく、母屋が賑やかなことに莉星は気づいていた。

　耳を澄ませると、風に乗って笑い声が聞こえてくる。ということは、騒ぎの原因は凶事ではない。なにかめでたいことがあったのだと、莉星にも判断できた。

「なにがあったんだ？」

　食卓を整えている侗人に、そう問いかけた。侗人は、まるでその質問を待っていたかのように振り返り、にっこりと微笑んだ。

「桂英さまに、お嫁さまがいらっしゃるんですよ！」

　侗人の言葉に、莉星は目を見開いた。そんな莉星の反応をどう思ったのか、侗人はにこにこと笑みを浮かべている。

「なんでも、皇帝陛下の縁に連なるお姫さまだということで。皆さますっかり乗り気でいらっしゃいます」

「桂英も……？」

　思わずつぶやいた莉星の言葉は、侗人には届かなかったらしい。彼女は少し首を傾げたけれど、目上の言ったことを聞き返すのは礼儀に適《かな》っていない。侗人はすぐに給仕に戻ってしまい、莉星の問いは空《くう》に消えた。

(桂英も、望んでのことなんだろうか)

そう思うと、食事も咽喉を通らなかった。

(あの桂英が、父さまや母さまの意に沿わないことをするわけがない。両親の勧めの縁談なら……受け入れるだろう)

彼が断ってくれればいいと願い、同時にそんな理由はないとも思う。

(断る理由があるとすれば……桂英に、誰か想う人がいる……)

その考えに、莉星はぶるりと震えた。しかしそうでないと言い切ることなどできなかったし、そうであっても不思議ではない。

桂英が結婚するのも、彼に想い人がいるというのも耐えられない。それでも莉星にどうこうできることではなかった。莉星は単なる弟でしかなく、しかもそれ以上にこの家の厄介者なのだ。

傭人が給仕してくれる食事は、味がわからなかった。莉星の好きな皮蛋《ピータン》瘦肉粥《しょうろうがゆ》だったけれど、その熱さばかりが舌に沁みた。

(桂英……、本当に、結婚してしまうのか?)

熱いばかりの粥を飲み込みながら、莉星はくらくらとする思考をしっかりと保とうとした。

(どこかの女のものになってしまうのか? 俺からは……遠くなってしまうのか?)

どうしようもない生活を送っている莉星だったけれど、それでもこの家から離れられなかった理由。それは桂英がいることにほかならない。桂英がいるからこそ、莉星はとことんまで堕ちることを免れていたのに。

(桂英……)

食べかけの器を膳に置くと、傭人が心配そうな顔をして莉星を見てきた。しかしそのような視線も疎ましいばかりだ。莉星は唇を噛んだまま立ちあがり、足音を立てて房間を出た。

□

房間の中の者が立ちあがる気配がして、びくりとした。

彼は、扉を開けた。回廊を訝しげに見まわし、そこに莉星がいたことに驚いただろう。

「どうしたんだ、莉星」

桂英は、目を丸くして莉星を見ている。それほどに莉星は、変わった様子をしていただろうか。桂英は、心配そうな顔をして近づいてきた。

「なにかあったのか?」

「別に……」

「いいから、入れよ。おまえが母屋に来るなんて、珍しいな」

――結婚するのか？　その言葉は形にならず、招き入れられるままに莉星は桂英の房間に入る。

記憶にあるままの、片づいた部屋だ。卓子《テーブル》の上には書巻がきちんと並べて積んであり、脇にある硯箱《すずりばこ》はきれいに磨かれている。傭人たちも、このような房間なら掃除のしがいもあるのだろう、埃《ほこり》ひとつ落ちておらず、床の隅々まで輝いている。

「茶でも飲むか？　それとも、なにか持ってこさせようか？」

「別に、いい」

幼いころは、同じ房間で眠った。同じ臥台で、手を繋《つな》ぎ合って。まるでひとつの生きものであるかのように身を絡ませて夜の時間を過ごした。十歳を過ぎてそれぞれの房間が与えられても、夜はどちらかの臥台に潜《もぐ》り込んで、一緒に眠った。

「一緒に眠らなくなったのは、いつからかな」

「え？」

火鉢《ひばち》の火をかき立て鉄瓶をかけていた桂英は、莉星の声に顔をあげる。なにを言ったのか、聞きそびれたようだ。

「今でも……一緒に眠ってほしいと言えば、眠ってくれるか？」

「そりゃあ……」

茶器の準備をしながら、桂英は首を傾げた。

「でも、今の俺とおまえじゃ、臥台がちょっと小さすぎるんじゃないか？」

現実的なことを言って、桂英は笑う。莉星も笑みを浮かべたけれど、しかし心中は笑うどころではない。

鉄瓶からしゅんしゅんと音がして、湯が沸いたことを知らせる。

「そんなこと、佣人にやらせればいいのに」

「いいんだ。せっかく莉星が来てくれたんだから、俺がもてなしたいんだ」

茶壺《ちゃつぼ》と茶杯を温め、茶壺には茶葉を入れて湯を注ぐ。一煎目《いっせんめ》は捨て、捨てた茶を茶壺にかける。再び湯を注ぎ、茶杯に注ぎ入れる。

その一連の作業を、桂英はなんの滞りもなく行った。見ていて鮮やかな彼の手もとからは爽やかな香りが立ちのぼり、それが最高級の龍井茶《ロンジンちゃ》であることがわかる。

「俺には、もったいない」

「おまえに、飲んでほしいんだよ」

言って、桂英は莉星の前に蓋碗《がいわん》を差し出す。香ばしい香りが強くなり、莉星は芳香を吸い込んでため息をついた。

ふたりして、ひとしきり茶を啜《すす》った。静かな房間に、ふたりの茶を飲む音が広がる。一杯を干したところで、桂英が尋ねてきた。

「で？　なんの用なんだ？」

「……おまえが、結婚すると聞いて」

桂英は、きょとんとした顔をした。憎らしいほどに、他人事《ひとごと》だという顔だ。ややあって、彼は笑い始めた。

「桂英？」

「そうか。おまえのところにまで、話が伝わっているのか」

「どうなんだ、実際」

いささかいらいらした思いで、莉星は言った。桂英は楽しそうな顔をして莉星を見ていたけれど、ふいと口もとを引き締めて、うなずいた。

「縁談は、来たよ」

その言葉に、胸を抉《えぐ》られるような思いがある。それでも莉星は感情を表に出さないように努め、平静を装って桂英を見つめた。

「結婚、するのか？」

「父さまと母さまのご意向なら、仕方ないだろう？」

そのもの言いがあまりにも淡々としていたので、莉星は眉をひそめる。

「それは、そうだけど……」

「俺には、この家を担う責任がある」

声をかけるのも憚《はばか》られるような真剣な顔で、莉星はごくりと唾《つば》を呑む。

「俺は、長男だから。いい家の娘と結婚して、この家を守《も》り立てていく義務がある」

そのまっすぐな視線に、莉星は眉根を寄せた。

「家のためなら……好きでもない女と結婚するのか?」

「好きとか、好きじゃないとか。そういうのが問題なんじゃないんだよ」

桂英の莉星を見る目は、どこか呆れているかのように感じた。莉星はつい、たじろいでしまう。

「長男としての、義務だ。俺に選択肢なんかない」

「それでいいのか?」

莉星は、じっと桂英を見た。桂英は居心地悪そうに視線を逸らせる。それは畢竟《ひっきょう》するに、彼が口で言っていることは嘘《うそ》であるということだ。

「いいのか、そんな……自分の気持ちを無視するようなこと」

「俺の気持ち?」

桂英が、そのような表情をするのを初めて見た。莉星は、はっとして後ずさりをする。そんな彼の肩に手を置き、桂英は厳しく歪ませた顔を近づけてきた。

「俺の気持ちが、おまえにわかるのか」

「な、に……?」

顔を寄せられて、莉星はたじろいだ。あと少し顔を近づければ、くちづけできそうな距離ようだ。それほど間近に迫った桂英の顔にどきりとし、しかし桂英は莉星を逃がすつもりはないようだ。

「俺が……なにを考えているか。俺が、なにを求めているのか」

「桂英……？」

彼の手に、力が籠もる。引き寄せられて咽喉が震え、間近に迫る桂英の唇が思いのほか艶めいていてなめらかであることを知った。

「け、い……え……」

「莉星」

大きく見開いた莉星の瞳に、桂英の顔が映る。その紫色の瞳が濡れているような気がする。どきりと鳴った莉星の胸の上を、彼の手がさっと這った。

「や、っ、……！」

袍越しに撫でられただけなのに、体中の神経が反応した。莉星の肌は大きく震え、しかしそんな彼の反応になど気づいていないかのように、桂英は体を離した。

「おまえは、なにもわかっていない」

呻くように、桂英は言った。

「俺の考えていることなんか……俺の気持ちなんか。なにも、知らない」

「桂英……？」

彼がなにを言いたいのかわからない。なにを言おうとしているのか、彼の気持ちとはなんなのか。混乱する莉星の瞳をじっと見つめ、桂英は視線を逸らせてしまう。

「もう、戻れ」

桂英の手が伸びてくる。再び触れられるのかと期待した莉星は、しかしその手に背を押されて房間の外に追いやられた。

「けいえ……、っ、……！」

ばたん、と扉が閉まる。莉星は思わず振り返ったけれど、扉はまるで彼を拒むようにしっかりと閉まっていて、蟻《あり》の這い出る隙《すき》もないようだ。

桂英、と胸の奥でつぶやいた。彼の言いたいことが、行動の意味がわからない。しかし少なくとも、彼が義務ゆえに結婚しようとしているのだということはわかって、そのことが胸を抉るようだと感じた。

莉星が、このような身のうえだから。だからすべてが桂英の肩にのしかかるのだ。そのことを考えると、莉星は忸怩《じくじ》たる思いに駆られるしかない。それでも莉星は男とのまぐわいなしには生きていけないのであり――その相手が桂英である夢想が頭を過ぎった。

しかしそれは許されないことだ。桂英は、莉星の妄想で穢してはいけない相手であり、誰よりも大切な兄――それ以上ではあってはいけないのだ。

□

夏の終わりとはいえ、まだ昼間は暑い。そんな暑さを裏切るように、虫の声さえもまばらな夜だった。

莉星は、自分の棟の庭園にいた。庭には石造りの涼亭《あずまや》があって、夕涼みには最適なのだ。綾織《あやお》りの布を敷いた長倚子の上に、莉星は横になっていた。見あげる空には星が煌めいていて、邪魔する雲も少ない。あれは歳星《さいしょう》、あれは熒惑《けいこく》。空を飾る極めつきはくっきりとした眉月《まゆづき》で、そのさまに莉星は見とれていた。

がさり、と音がしたのは、莉星が手を伸ばし、眉月の形をなぞっていたときだった。

佣人でも、呼びに来たのだろうか。莉星はさして気に止めず、なおも空に浮かぶ月の形を指先で辿《たど》っていた。

「……誰？」

なにも声がかからないことを、訝しく思った。佣人なら、なにか言ってくるはずだ。しかし近づいてきた人物は黙ったままだった。

莉星は体を起こそうとした。しかし現れた人物は手を伸ばし、その肩を押さえ込んだのだ。

「な、に……、っ……？」

驚愕に、莉星は声をあげる。身を起こすことはできず、莉星はただじっと、手の主を見た。

「莉星、だな」

低い声が、そう言った。肩を押さえた手には、たいして力は入っていない。渾身《こんしん》の力を込めれば振り払えるだろうけれど、莉星はそうはしなかった。

こうやって男たちの出入りを誘っているのは、莉星のほうだ。男たちとのまぐわいなしでは生きていけない莉星は、こうやって男を誘う。化粧などしていないけれど、そうと見えるらしい艶めいた目つきをことさらに細めて、男を招いた。

「そうだ……と言ったら?」

「なるほど。さすがにうつくしい」

顔をあげると、押さえつけてくる男の顔が暗がりの中でも見えた。白い面《おもて》、通った鼻筋。とっさに見えたのはそれだけだったけれど、充分に整った容姿の男であることがわかる。

「妲己と、噂されている……魔性の持ち主」

「その言いかたは、やめろ」

莉星は、顔を歪めてそう言った。莉星がいやがったのを見て取ってか、男はにやりと赤い唇を持ちあげた。

「その言われかたは……好きじゃない」

「しかし、本当のことだ。おまえを抱いた男は、ことごとく破滅するという話ではないか」

楽しい話をするかのように、男は言った。赤い唇を、やはり赤い舌が舐める。

「本当かどうか、試してみるか？」

「それも一興」

男は、くつくつと笑った。

「妲己は、いったいどのような味がするのか。それを知りたくて、ここまでやってきた」

「もの好きな」

莉星が嗤《わら》うと、男も声をあげる。ふたりの笑い声は絡まって、晩夏の庭園に流れて消えた。

男が、不敵に笑うのが気に入らなかった。人目を忍ぶべき身でありながら、大胆に笑い声をあげるとは。不機嫌な声で、莉星は言った。

「俺の名前を、知っているんだ。おまえの名前も聞かせてもらおう」

「皐𡡉《こうかく》」

奇妙な名だ。莉星は眉をひそめた。偽名なのかもしれないけれど、しかしこの場では、どうでもいいことだ。

ふと、母の言っていた人攫いのことを思い出した。莉星や桂英のような者たちを攫っていくという話だったけれど、この皐𡡉が、その主なのかもしれない。この大胆不敵な態度は、そのようなことを思わせた。

（面白い）

莉星は、口もとに笑みを浮かべた。それを見たのか、皐𤢖も微笑む。その笑みは背筋がぞくりとするような淫猥《いんわい》さで、体の奥の深いところがわななくのを感じる。

「皐𤢖……、俺の味を、試してみるか？」

挑発的に、莉星は言った。皐𤢖は目をすがめ、するとその瞳が赤いことがわかった。流れるような髪は、金色だ。

見たことのない容姿だ。このような色彩の持ち主を、莉星は知らなかった。次いで、莉星たちがまとっている袍とは違う形の衣装、それに隠れている逞《たくま》しい体に、興味をそそられた。

「そのために来たんだろう？　おまえも、妲己の毒にやられてみるか？」

「悪くない」

男は、舌なめずりをした。莉星の肩に手を置いて、くちづけてくる。近づけば近づくほど、皐𤢖の美貌のほどがわかった。美貌の男など、桂英をはじめとしてすっかり見慣れているはずなのに、莉星は彼の相貌《かお》に見とれた。

「……、ん、……、っ……」

皐𤢖は、突然現れたその荒々しさには似合わず、優しく唇を押しつけてきた。そっと唇を包み込まれ、莉星は思わず息をつく。その吐息をも呑み込むように皐𤢖はくちづけを深くしてきて、その濃厚さに莉星は喘いだ。

「っあ、あ……、っ、……、っ」

舌が挿り込んできて、唇の形をなぞられた。反射的に莉星の口は開き、するとするりと舌がすべり込んでくる。それは歯の形をなぞり、ぞくぞくとする感覚が体中を走った。

「んぁ、あ……、っ、……、ぅ……」

跳ねる莉星の体を、皐嫌が押さえ込む。彼の腕の力は強く、動きを制限されるからこそ性感は大きく体中を巡る。莉星の洩らす喘ぎは皐嫌の唇に吸い取られ、うまく呼吸ができなくて莉星は立て続けに嬌声をあげた。

「や……、っ、……、っ……」

「感じやすいな」

そのことが愉しくてたまらないというように、皐嫌はつぶやく。

「さすがは、男たちを狂わせる花……妲己の名に、ふさわしい」

「いぁ……、っ、……、っ……」

唇をもてあそびながら、皐嫌の手は莉星の肩にすべる。大きな手で撫であげられ、ひくんと体が震えた。袍の下の肌が、粟立ち始めている。何度も撫でられて、莉星はまるで冬の院《に》子《わ》に放り出されたかのように震えていた。

「は、……っ、……あ……、っ」

裏腹に、洩らす声は熱い。見知らぬ男にもてあそばれて感じるのはいつものことだけれど、皐嫌を相手にしていると感じやすい神経がますます鋭く尖るような気がする。快楽を受け止めて、いつも以上に莉星を喘がせる。

「や、ぁ……、っ、……、っ……」

唇を、歯を、舌を、皐爀が舐めあげる。ぺちゃぺちゃという音がやたら淫らに、耳に届く。それにぞくぞくと感じさせられながら、莉星は懸命に口を閉じようとした。

「なんだ、頑《かたく》なだな」

口腔《こうこう》をもてあそぶ男が、笑いながら言った。

「男相手に、誰にでも脚を開くというのは嘘か？　選《え》り好《この》みでもしているつもりか？」

「そ、んな……、ん、じゃ……」

掠れた声で、莉星は言った。

「や……、いき、なり……」

「きちんと、手順を踏んでやっているではないか」

不服そうに、皐爀は言った。

「わたしは、いきなりおまえを犯してやってもいいのだぞ？　しかしおまえが辛《つら》かろうと、望むように順を追ってやっているのではないか」

皐爀の、思いもしない言葉に莉星は目を見開いた。莉星の目には、真っ赤な皐爀の瞳が映る。それが欲情に揺らめいていることに、どきりと胸を摑まれた。

自分を組み敷いた男たちが、獣の本能のままにこの身を貪《むさぼ》るのを見るのは、快感だった。

そんな男たちに莉星も煽られ、男たちとともに理性の及ばない世界に堕ちていく。

「かわいらしい……もっと、その顔をよく見せろ」

「ふぁ……、っ、……っ……」

皐嫌の手が、莉星の顎《あご》を摑む。痛いほどの力を込められて、莉星は呻いた。皐嫌の、赤い瞳がじっと見つめてくる。その瞳には魔なる力があるとでもいうのか、莉星は目を離すことができない。その色は莉星の体の奥まで忍び込み、どく、どく、と心臓の音がうるさく鳴る。

「あ、あ……、っ、……っ……」

赤い舌が、莉星の口の中に突き込まれる。はっ、と声をあげると、泳ぐ舌を彼にからめとられた。ちゅくりと吸いあげられ、遠慮のないその力にぞくぞくと快感が走る。莉星は、大きく体をわななかせた。

「や、ぁ……、っ、……、っ……」

反射的に伸ばした手は、ぎゅっと強く摑まれる。痛いほどの力で組み伏せられて、なおも口腔を貪られた。舌をくちゅくちゅと吸われ、ざらざらとした部分で舐めあげられる。震える肩を押さえつけられると身動きが取れなくなり、快感が体中を巡って体温をあげていく。

「ふぁ……、っ、……、ん、……、っ」

莉星は、大きく体を震わせた。しかしのしかかってくる皐嫌の体が、自由な動きを許さない。肩を押さえ込んだまま、なおも舌を巻きつけ舐めあげて、その執拗な愛撫《あいぶ》は莉星の口の端から蜜が流れ落ち、首筋に伝うまで続いた。

「ひ、ぁ……、ん、……、ん、……、っ！」

男の手が、首筋を辿る。耳朶を抓んで、軽く引っ張る。それだけで感じてしまい、莉星はあえかな声をあげた。

「この程度で感じていては、この先辛いぞ？」

皐嫌が、笑いながらそう言う。

「もっと、おまえの体を暴いてやる……おまえが今まで感じたことのない快楽を味わわせてやる」

はっと、莉星は目を見開いた。目に映る皐嫌の表情は婀娜《あだ》めいていて、莉星の胸をぎゅっと摑んできた。莉星は手を伸ばし、皐嫌を抱きしめる。

「も、っと……」

掠れた声で、莉星は喘いだ。

「もっと、して……、俺を、感じさせて……」

にやり、と笑って皐嫌はまた、唇を重ねてくる。そっと押しつけるだけの、もどかしいほどに優しいくちづけだ。ちゅくりと吸われて莉星は自ら舌を差し出し、皐嫌の口腔をなぞる。整った形の歯を、裏を舐める。上顎に舌をすべらせると、肩に置かれた手に力が籠もった。

「……、っ、……」

皐槲が、微かに呻く。それに気をよくして何度も舐めると、意趣返しのように舌を咬《か》まれる。しかしそれは性感を煽る甘咬みで、莉星の情感はますます温度を上げた。

「ん、ん……、ぅ、……っ……」

男の背に手を絡めたまま、莉星はなおも男の口腔をもてあそんだ。上顎を、頰の裏を舐める。舌をからめとっては吸い、じゅくりと音を立てて蜜液を呑み込む。男の唾液には、扇情的な効果でもあるのか。体の奥から熱くなってくるのが感じられる。耐えきれず、莉星は体を揺すった。

「ふぁ……、っ、……、っ……」

皐槲の手が、莉星の肩からすべり下りる。二の腕を摑まれ、引っかかれた。衣越しの爪の感覚に、思わずびくりと震えてしまう。そのようなところが感じるとは思ってもみなかった。驚きに目を見開く莉星の舌は奪われ吸われ、根もとから抜けてしまいそうな力に腰の奥までぞくぞくする快感が走る。

「あ、あ……、っ、……、っ……」

「この程度で、そんな声を出して」

くすくすと、皐槲が笑う。

「もっと深いところまで暴いてやったら、どうなるか……愉しみだな」

「っあ、……あ、あ……、っ……」

彼の話す声さえもが、刺激になる。莉星は強く男に抱きつき、背中にがりりと爪を立てた。男の手は、莉星の胸に這う。袍の下ですでにすっかり尖っている先端に触れ、ぐりぐりと押しつぶされた。それに感じさせられて莉星は腰を跳ねあげ、しかし男の体重でそれは押さえ込まれてしまう。

「いぁ、あ……、ッ、……っ……」

「ここも、こんなに感じて」

布越しに乳首を抓まれ、くりくりと捏《こ》ねまわされる。体中に響く快感は、まるで寒風吹きすさぶ屋外に放置したように莉星を震えさせた。同時に肌は、しっとりと汗ばみ始めている。

「おまえの体を、見てみたい」

呻くように、皐緋は言った。

「私の手の中で、おまえがどれほどに感じているのか……男の体が、どこまで蕩《とろ》けられるのか」

「ぬが、せ……、っ、……」

身悶《みもだ》えながら、莉星は声をあげる。

「脱がせて……、あ、あ……、焦らさない、で……、っ……」

「ふふ」

満足したように、皐緋は笑う。その手は莉星の長袍の襟もとにかかり、釦を外す。ぷち、ぷち、という音とともに、肌が解放されていくのがわかる。火照った肌に籠もった熱が放たれて、代わりに入り込んできた外気の冷たさに莉星はぶるりと震えた。

「や、ぁ……、っ、……」

「おまえの肌は、温かいな……」

皐綝の手が、前を開くのが待ちきれないというように入り込んでくる。ざらりとした手のひらの感覚が、性感をますます追い立てた。莉星は咽喉を嗄《か》らして啼《な》き、そんな彼の反応に満足したように、皐綝はなおも手を動かす。

「妲己の肌など、人ならぬもの……冷たいとばかり、思っていたが」

「俺、は……妲己、なんかじゃ……」

「しかし、おまえのために何人の男が死んだ?」

楽しい話をするかのように、皐綝は笑いを含んだ口調で言った。

「最近死んだのは、錺《かざり》職人の男だったな? 妲己を抱いたと吹聴していた矢先、寄りかかっていた橋の欄干《らんかん》が崩れて川に落ちたのは……あの橋は、かけられたばかりだというのにな」

「な、……で、ん……な、こと……っ……」

胸を撫であげられる。勃ちあがった乳首を抓み、捏ねられる。それだけで体中をびりびりとしたものが走り、莉星は何度も何度も体を震わせた。

「私は、都のことならなんでも知っている」

両方の乳首を抓みあげながら、皐槲はそう嘯《うそぶ》いた。

「私の耳に入らないことはない。莉星……おまえの噂は一番の語り草だった。おまえを我が城に迎えることが、私の願い……」

「城？」

聞き慣れない言葉に、莉星は薄く目を開ける。覗き込んできていたのは皐槲の瞳で、赤い目はすがめられている。

「ああ。我が城……歃血城《そうけつじょう》だ」

その禍々《まがまが》しい名に、莉星は眉根を寄せた。皐槲は笑って、その眉間の皺に唇を押し当てる。ちゅっと音を立てて吸われると、そのような場所からも感じる神経がうごめいて、莉星はぞくぞくと背を震わせた。

「おまえは、私の手の中に堕ちた淫らな人形だ」

そのまま頰に、首筋にくちづけながら、皐槲はささやく。

「私こそが、おまえをもっともっと花開かせてやれる。おまえの、もっとうつくしい姿を咲き匂《にお》わせてやれる……」

「い、ぁ……、っ、……、っ、……！」

皐槲の唇が、莉星の乳首をとらえる。きゅっと吸われると、つま先まで貫く感覚があった。莉星は総身を痙攣させ、しかし皐槲は容赦することなく、なおも莉星を追いあげる。

「っあ、あ、あ……、っ、……、っ……」

もうひとつの乳首は、指で挟まれる。きゅっと捏ねられて、指紋のざらつきさえ感じられるのではないかと思うほどに敏感になったそこは、快感をまともに受け止めた。

「や、ぁ、……、っあ、ああ……、っ……！」

ひく、ひくと跳ねる体を、皐獜が全身で押さえつける。そうやって自由の利かないことが快楽を呼び寄せて、莉星は嬌声を紡ぐ。ますますの声を呼び起こそうというように、乳首への刺激はやむことがない。

「あっ、あ……、ああ、あ……、っ、……」

いまだ褲子の下に隠れている欲望は、すでに勃起《ぼっき》し先端から蜜を流している。莉星が身じろぎするたびに布の織り目に擦られて感じさせられるものの、決定的な快感とはならず、もどかしい思いを抱えるばかりだ。

「や、ぁ……、っ、……、っ……」

莉星は、腰をもぞつかせる。そんな彼の反応に気がついているはずなのに、皐獜は乳首ばかりを刺激して、莉星の欲望になど気づかないかのようなのだ。

「は、や……、っ、……、皐獜……、っ……」

皐獜の肩に手をやって、爪を立てる。しかし布越しに引っかいたくらいでは、彼はなにも感じないらしい。皐獜は、莉星の乳首を含みながらくすくすと笑っている。その笑いも敏感

な肌に響いて、莉星は何度も腰をはねあげた。

「やぁ、あ……、あっ、……!」

「これほど、小さなところなのに。それほどに感じるのだな」

ぺろり、と尖りを舐めあげながら皐嫌は言う。

「どうしてほしい? 私はここだけでも、充分に愉しめるが……?」

「や、ぁ……、っ、……、っ……!」

莉星は、大きく身を震った。

「は、や……、っ、……れ、て……っ……」

はしたない声をあげているという自覚はある。それでも、声を立てずにはいられなかった。

このままでは、皐嫌は胸をいじるだけで莉星を達せさせてしまうだろう。それはいやだ——

もっと、直接的な刺激がほしい。欲望の源泉を愛撫されて、吐き出す快感が欲しい。

「ああ、……っ、れ……、こ、っち……」

「なにを言っているか、聞き取れないな」

意地の悪い調子で、皐嫌は言った。

「はっきりとしゃべれ。なにを、どうしてほしいのだ?」

「あ、……こ、こ……、っ……!」

莉星は、皐嫌の腿を蹴りあげた。

「こ、っち……、っ、……おれ、の……、っ……」

手を、裤子の上にすべらせる。勃起して硬くなっている自身に触れると、自分の手だというのに感じてしまう。莉星はそのまま指を絡め、欲望を布越しに擦り始める。

「自分でするところを、見せるのか？」

嘲笑うように、皐嫌が言う。ああ、と莉星は息をついた。

見せたいわけではない。しかし手の動きは止められず、莉星は夢中になって擦りあげた。拙《つたな》い手の動きがかえって奇妙な快感となり、莉星の性感を追いあげた。

「あ、あ……、っ、あ……、ん、ん……、っ……」

もぞもぞと腰を動かし、自らを追い立てているのを皐嫌が見つめている。彼の膝が莉星の脚を拡げさせ、すると手は、ますます大胆に動いた。

根もとに指を絡め、擦りあげると先端をいじる。しかし布越しであることから刺激はもどかしいものにしかならず、そのことにますます煽られる。

「いぁ、あ……っ、ん、っ、……っ、ん！」

莉星は、裤子に指を絡めた。釦を探して外そうとするものの、もうひとつの手を自身に絡め、上下に扱く快感に浸《ひた》っている身ではうまく思いどおりにならない。感覚はどうしても快楽を追い求めてしまい、指は釦の上を何度もすべった。

「仕方のないやつだ」

笑いながらそう言ったのは、皐燐だ。彼の大きな手が、莉星の手に重なる。手ごと自身を摑まれて、ぐいと大きく扱かれると、莉星の体は大きく跳ねた。

「や、ぁ……、っ、……、っ……」

「男の欲望など、持たぬような顔をして」

皐燐の唇が、莉星の頰を這う。ぴちゃぴちゃと音がするのが耳に入り、それはなぜかと考えた。しかし思考は、すぐに下肢からの快楽とともに散ってしまう。

「これほど、張りつめさせて……こちらをかわいがってやる愉しみも、許されるのだろうな？」

「あ、あ……、っ、……、っ……！」

それこそが、莉星の望んでいることだった。早く釦を外してほしい。早く、直接触れてほしい。莉星は腰を揺すりながら啼き、目を開けると縁から涙が溢《あふ》れ出た。

「ああ、それほどに泣くな」

皐燐が、また頰にくちづけてくる。ぺちゃりとあがる音は莉星の涙のせいで、いつの間にか自分が吃逆《さくり》泣きしていることに気がついた。

「心地いいのか？　それとも、もっととねだって泣いているのか……？」

「も、っと……！」

泣き声に紛らわせて、莉星は声をあげた。

「は、やく……脱がせて。もっと、して……」

「ああ」

目をすがめて、皐爀は言う。

「おまえの望むようにしてやろう。脱がせて、肌に舌を這わせて……おまえが狂うまで、快感を味わわせてやる」

「ふぁ、あ……っ、……、っ……」

莉星は、大きく身を震った。それは期待ゆえのわななきで、皐爀の手が褲子の釦にかかり、引き下ろされるのと同時にやはり甘い声が洩れ出《い》でた。

「ひぁ……、っ、……、っ」

外気の冷たさに、身を縮み込ませる。それは同時に性感を煽り、勃起がますます硬くなるのが感じられた。皐爀は、そんな莉星の反応を前に舌なめずりをする。

「なんとも……色っぽい姿だな」

彼が、満足の吐息をつくのがわかった。莉星は身を震わせて、そして視線をあげて皐爀を見つめる。

「は、やく……」

掠れた声で、莉星は言った。皐爀は、その赤い瞳でじっと莉星を見やってくる。まるで視線で彼を犯そうとでもいうようだ。もどかしさに莉星は身を捩り、彼の肌を皐爀は撫であげた。

「あ……、っ、……、っ……」

すっかり粟立った肌は、触れられるだけで反応する。勃ちあがった欲望の先端から、こぼりと透明な蜜がこぼれ出す。それが幹を伝い落ちる感覚にさえ感じさせられて、莉星は体を震わせながら皐𤢻の肩を摑んだ。

「早く……、お、れの……」

「ああ」

焦らされて見せた莉星の媚態《びたい》は、皐𤢻の気に入ったようだ。彼は指を伸ばしてきた。蜜液に濡れた欲芯を、指先で撫であげる。引っかくように擦られるだけでそこは如実に反応し、たらたらと新たな蜜をこぼした。

「や、ぁ……、っ、……、っ……」

腰を捩ろうとすると、押さえつけられた。そのまま何度か幹を擦られ、同時にふっと熱いものが感じられる。皐𤢻の吐息だ。彼が赤い唇を開いて、そこに自身が呑み込まれるのを、莉星は固唾を呑みながら見つめていた。

「っあ……、っ、……、っ……」

根もとまで、ひと息に含まれる。ちゅく、と吸いあげられて腰が震えた。彼はいきなり口腔に力を込めて、強く吸う。

「……いぁ、あ……、あ、あ……、っ！」

さんざんもてあそばれて、我慢の限界だった欲望は解き放たれた。白濁を彼の口腔に吐き出しながら莉星は身悶え、何度も何度も腰を跳ねさせた。

「ああ、あ……、っ、……、ぁ……っ……」

ふふ、と皐鰊が笑った。彼は音を立てて莉星の欲望を嚥下《えんか》し、その音は絶頂の感覚に霞《かす》んでいた莉星の脳裏にも、はっきりと伝わった。

「ふぁ……あ、あ……、っ、……、っ」

「甘いな」

唇を舐めながら、皐鰊は言う。

「まさか、このようなものが甘いとは。おまえは……つくづく、不思議なやつだ」

しかし莉星には、応えようがない。はぁ、はぁ、と荒い息をつきながら皐鰊を見つめていることしかできない。彼は目を細め、開いたままの莉星の唇にくちづけてきた。

「や、っ……、っ……」

奇妙な味のするくちづけを、莉星は拒んだ。しかし皐鰊は、愉しげな顔をして莉星を見つめているばかりだ。

「甘いだろう？　それとも、自分ではわからないものか？」

「わから、な……っ……」

莉星は、ふるふると首を振った。皐嫦は笑い、莉星の腿に手をかける。大きく脚を拡げさせられ、すると奥まった部分の秘所が、きゅっと収縮した。

「やぁ……、っ、……、ッ……」

「ここ、だろう？　おまえが、求めているのは……？」

彼の指が、慎《つつ》ましやかに閉じている場所に触れた。莉星は、大きく身をわななかせる。

「ここに、挿れてほしいのだろう？　私の、これを」

「ひぁ、あ……、っ、……」

皐嫦は、莉星の腿に下肢を擦りつけてくる。そこには熱い塊がある。それは今まで感じたことがないほどに熱く、硬く、大きかった。莉星は、ごくりと息を呑む。

「や……ぁ、……これ……、っ……」

伸ばした手は、しかし軽く叩かれてしまう。涙の張った目で皐嫦の顔を見ると、彼は目を細めていた。紅の瞳が莉星を見ている。彼の手が自身の褲子に這い、釦を外しているのがわかった。

反射的に、莉星は体を起こす。手を差し伸べて皐嫦の褲子を引き下ろすと、想像していたよりもずっと大きな、彼の欲望が姿を現す。

「こ、れ……っ……」

ごくり、と莉星は唾を呑んだ。口を開く。淫液を流している先端を含み、ちゅくりと吸うと苦い味が口腔に広がり、莉星は満足のため息をついた。

「私を、かわいがりたいというか？」

皐蝋の声は、淫らに揺れていた。そのことに気をよくして、莉星はなおも舌を使った。吸いあげて啜り、舐めあげては舌先でつつく。そのたびに濃い淫液が洩れこぼれ、それをごくりと嚥下する。

「あ、あ……っ、……っ……」

彼の欲望に夢中になっていた莉星は、与えられた刺激にはっとした。剝《む》き出しになった双丘の狭間《はざま》に、濡れた指が食い込まされる。それは秘所を擦り、先端を突き立ててはくちゅりと引き抜き、また突いては内壁を拡げようとする。

「やぁ、あ……っ、……、っ……」

「おまえのここに、私のこれを挿れるのだ」

指一本が、襞を拡げる。莉星の体の奥から生まれる蜜が、洞《うろ》を潤す。挿り込む指は二本に増えて、ぐちゅぐちゅと音を立てながら中をかきまわした。

「い、ぁ、あ……、ああ、あ……、っ……！」

口腔には太いものをくわえながら、莉星は声をあげる。後ろからの刺激が激しくて、満足に口淫をすることもできない。しかし息を詰まらせながらの喘ぎが皐蝋にたまらない刺激を与えるらしく、彼の掠れた吐息が耳に入った。

くれない。

「ん、く……、ッ、……、っ、……」

咽喉奥で、欲望は淫液を吐く。それに噎《む》せて咳《せ》き込《こ》むも、皐嫲はなおも突きあげ容赦して

同時に後孔をいじられ指でかきまわされ、そこは慣れた刺激に蕩けていく。二本の指で拡げられ、襞を押し伸ばされて得る快感は、男の欲望を刺激される以上に莉星を追いあげ、快楽の波に巻き込んでしまう。

「く……、っ、……ん、……、っ、……!」

ぶるり、と莉星は背を震う。挿り込んでくる皐嫲の指が、中ほどの凝《しこ》りに触れたのだ。そこは、男なら誰でも感じる快楽の中枢だ。莉星にとっては感じ慣れ、同時に少し刺激されただけで全身に震えの走る、たまらない快感の源だった。

「やぁ……、っ、……、っ……!」

「ここ、か?」

興味深げに、皐嫲は何度もそこに触れた。

「ここが、感じるのか?」

「んっ、や、ぁ……、っ、……、っ……!」

莉星は、何度も体を震わせた。指先までが痙攣する。膝をついていられない。喘ぎ声をあげて逃がそうにも、口腔は大きな男の欲望が占めている。反射的にそれを舐めあげ、溢れる

淫液に噎せながら、莉星は体中を駆け巡る快感から逃げようとした。

「逃げるな。感じるんだ」

ぴしゃりと言い放たれて、莉星はびくりとする。同時に口腔の欲望がどくりと質量を増す。莉星は頬に涙を伝わせながらそれを舐め、後孔への刺激に脚を震わせながら耐える。

「達くぞ」

掠れた声で、皐槺が言った。

「すべて、受け止めろ……おまえの感じているところを、見せろ」

「ん、……っ、……、や、ぁ……、ッ、……」

きゅっと吸いあげると、口腔の欲望が弾けた。莉星は思わず目をつぶる。口の中に、火傷《やけど》しそうな熱が広がった。同時に後孔の凝りを強く擦られて、莉星自身も欲液を放つ。

「や、ぁ……、っ、……、っ……！」

莉星は、大きく背を仰け反らせる。全身から力を失い、長倚子に俯《うつぶ》せに突っ伏した。口の端から白濁した蜜をこぼしながら脱力する姿を、皐槺が見つめている。

「……っあ、あ……、っ、……、っ……」

「ふん」

しかし皐槺は、そんな莉星に同情しなかった。腕を摑むと引き起こし、四つん這いにさせる。腰に手を置いて引き寄せると、緩まった後孔に欲を放ったばかりの自身を突き立てた。

「や、ぁ……、っ、……っ……」

「おまえは、ここに突っ込まれるのがいいのだろう?」

彼はそう嘯いて、先端を突き立てた。じゅく、と濡れた襞が軋《きし》みをあげる。皐嫌は容赦なく、開いたばかりの孔《あな》を拡げていく。

「いぁ、ああ……っああ、あ……、っ!」

「もっと、甘い声を出せ」

莉星の腰に指を絡め、引き寄せながら皐嫌は言う。

「感じていると、私に知らせるんだ。ほら……ここだって、また勃っているくせに」

「っああ、あ……ん、っ、……、っ……」

ずくん、と中ほどまでを突かれる。そこにはさんざん指先でいじられ、腫《は》れた凝りがある。秘所は神経が剝き出しになったかのように敏感で、少しの突きあげで莉星にたまらない刺激を感じさせる。

「んや、……っあ、ああ……ッ、……っ、ん!」

「何度でも、達けばいい」

耳もとでささやかれて、びくりとする。

「ここ……また、蜜を流して。私の手の中で、達け」

「やぁ……ああ、あ……、っ、……」

ひくひくと、莉星の全身が震える。歯の根が合わないほどの快楽は、感じる部分をすべて愛撫されているせいだ。後ろから伸びてきた皐爀の手が顎を摑み、口腔に指を突き込まれて、感じる神経はますます鋭敏になった。

「っあ、あ……、っ、……、あ……あ……！」

わななく秘所に、太いものが突き込まれる。凝りを擦りながら、さらに奥へ。指では届かない部分を拡げられ、感じさせられて莉星は喘ぐ。

「そ、こ……、っ、……、っ、……あ、ああ……」

腰を揺らめかせると、当たる場所が変わった。それに、ひくんと下肢が跳ねる。また新たな場所を突かれて莉星は声をあげ、そんな彼を追いつめるように、皐爀は腰を進めていく。

「あ、あ……っ、……、っ、……」

はっ、と莉星は大きな息をついた。最奥までを突いた欲望が、動きを止める。しかし息を吐く余裕があったのはほんの少しだけ、欲芯はいきなり引き抜かれ、じゅくっと音を立てながらまた突き挿れられた。

「ひぁ……あ、あ……、っ、……！」

咽喉を反らせて、莉星は喘ぐ。ついた膝が、がくがくと震える。うまく体の均衡を保っていられないことも快感をいや増す刺激となり、莉星は咽喉を嗄らして声をあげた。

「い、ぁ……、っあ、あ……、っ、……」

目の前がちかちかする。絶頂が近い。莉星は手をついたところに爪を立て、唇を噛んだ。しかし唇の隙間から声が洩れ出し、嬌声を抑えることができない。

「あ、も……、っ、……、も、う……だめ……」

「莉星」

乱れた声で、皐嫲がつぶやく。

「おまえこそ……我が伴侶《はんりょ》に、ふさわしい……」

「っあ、あ……、っ、……っ、……！」

皐嫲の声を遠くに聞きながら、莉星は達した。先ほどよりも濃い淫液をほとばしらせながら欲を解き放ち、同時に体の奥で弾ける灼熱《しゃくねつ》を知る。それが身に沁み込むのを感じながら、体中に広がる脱力に身を委ねる。

「私の……、妲己」

そうささやく、声が聞こえた。すでに、誰の声なのか判別する気力はなかった。沈み込むままに体を任せ、莉星の唇はただひとりの男の名を綴っていた。

それは、誰の耳にも届かない。

第四章　悪魔の花嫁

歃血城とは、どれほど大きな建物なのかと思っていた。

驚いたことに、歃血城は地下城だったのだ。一見、なんの変哲もない森のただ中に馬を停《と》めた皐爀が、そう言った。

「ここが、歃血城だ」

馬の手綱を引いた皐爀は、誇るように言う。皐爀とともに馬上の人になって、一日と半。巨体を誇る黒馬は素晴らしい速度で駆け、通常の馬の倍は速かった。

「時の権力者の手も、届かない。私が、ここの王だ」

鞍《くら》の前に座った莉星は、皐爀を振り返る。彼の赤い瞳はすがめられ、自分の城への入り口であるという黒い石畳を満足げに見つめているようだ。

「そして今からは、おまえが私に嫁ぐ者だ。我が花嫁」

「そんなものになった覚えは、ない」

莉星は、冷たく言い放った。

「俺は、歃血城というところがどんなところか気になったから来ただけだ。おまえの花嫁になんか、ならない」

「そうは言うが」

皐嫌は、馬を進める。かつかつと馬の蹄《ひづめ》が音を立てる石畳を進むと、ぱっと開けた場所に出た。自然の光だけではない眩《まぶ》しさに莉星は目を細め、そこが厩《うまや》であることに気づく。

「ここに来たいと言ったのは、おまえだぞ？　私はおまえを、花嫁として迎えたいと言った。おまえは、それを承諾したではないか」

「花嫁ってのは、聞いてない」

馬は歩みを止める。馬番らしき男が駆け寄ってきて、手綱を取った。皐嫌は莉星を抱いたまま、ひらりと馬から飛び下りた。

「う、わ……、っ、……」

莉星は驚いたけれど、皐嫌はなんでもないことであるかのように石畳の上に着地した。

「おまえの房間に案内しよう。私の花嫁に、ふさわしい部屋だ」

「だから、花嫁だなんて……」

皐嫌は、莉星を見て微笑んだ。毒を孕んだような昏《くら》い笑みだ。眉をひそめた莉星に、皐嫌は言った。

「ここには、王都のあらゆるうつくしい者が集っている」

莉星の眉間の皺は、深くなった。やはり都で起こっていた人攫いは、皐嫌の仕業だったのだ。攫われた者たちは、この地下城に閉じ込められているに違いない。

「うつくしい者と交われば、より高い生命力を得ることができる。そのための、城だ」

「……ばかなことを」

嘲笑って莉星はそう言ったけれど、皐緋はなおも笑みを濃くした。

「信じないのか？　おまえ自身、交わる者の命を吸い取っているくせに？」

「そんなこと、していない」

妲己。自分がそう呼ばれる理由はよくわかっているけれど、まぐわった相手が死を迎えるのは、莉星が命を吸い取っているからなどではない。

いっそ皐緋のように明確な目的があるのなら、莉星とて憂うことはないのに。ただこうならざるを得ない身を持つゆえに、幽愁を抱くしかない。

「私の言うことを、信じろ。ともに、永久の命を望もうぞ」

「そんなもの、いらない」

吐き捨てるように莉星は言い、すると皐緋は低く声を抑えて笑う。むっとして彼を睨《にら》むと、皐緋はますます喜色を濃厚にした。

「ここは、おまえのような者には心地いい場所だ。せいぜい愉しむといい」

このような石畳の地下城の中に、心地よく過ごせる場所などあるのだろうか。足もとは、石畳から黒く焼いた煉瓦《れんが》で組まれた床に変わっていた。

皐緋が煉瓦の床を蹴ると、まるで待っていたかのようにそれは内側から開いた。手燭《てしょく》を持った女が現れ、莉星についてくるようにと合図する。莉星は皐櫞を振り仰いだけれど、彼は「行け」というように手を振ってみせた。

そこからやはり黒い煉瓦でできた階段を下りて、目の前に広がったのは向こう側が見えないほどの広間だった。至るところにある灯《あか》りのともった燭台のおかげで視界は利くけれど、どことなく息苦しいような気がする。莉星は、胸に手を置いた。

沓靴が石畳を踏む音が、響く。中に入ると城は広く、見渡すばかりだ。どこも石造りで冷たい印象を受けるものの、積み重ねた石が整然と並んだ壁は隙間などなく、風を通すこともなさそうだ。

「こちらです」

佣人が案内したのは、大きな扉の前だった。彼女が細い腕で押すだけでそれは開き、そのことも莉星を驚かせたものの、中に入ってまた驚いた。

外の、石造りの冷たさなど感じさせない内装がそこにはあった。壁も床も白く塗られており、倚子には柔らかそうな綿入れの衾《ふとん》が置いてある。

奥には臥台があって、そこにもやはり白い掛布がかけてあった。まわりには半透明の蚊帳《かや》が吊ってあって、浮き彫りの刺繍が施されている。

「どうぞ、おくつろぎください」

佣人は言って、扉の向こうに消えてしまう。ひとり残されて、寛《くつろ》ぐもなにもないのだ。莉星はうろうろと落ち着かなくまわりを見まわす。本棚には桂英が見れば喜びそうな本がたくさん詰まっていて、莉星はその一冊を引き出してぱらぱらとめくると、すぐに本棚に戻した。とても今、読書する気になどなれない。

どこからともなく、熟した果物のようないい香りが漂ってくる。

「莉星さま、お茶の支度が調いました」

振り返った莉星は、先ほどの佣人が盆を持って入ってくるのが見えた。その上には白磁の茶器が置いてあって、香りはそこから来ているのだ。

「お気に召すか、わかりませんが……水仙茶《すいせんちゃ》です」

それなら、家でも何度も飲んだことがある。蜜のような香りがいいと、母の麗麗のお気に入りなのだ。

「そこに、置いておいて」

「はい」

佣人は、茶の入った蓋碗を丸い卓子の上に置いた。蓋があっても、独特の甘い香りは房間を満たす。しかしそれに手をつける気にはならなくて、莉星はしばし、房間の中を見まわした。

窓はない。しかしその代わり贅沢《ぜいたく》すぎるくらいに燭台が置いてあって、光源には不自由しない。房間の奥には湯を使うための場所さえあるらしく、どこまで贅沢に作ってあるのかと、莉星は呆れた。

衾の上に座り、ため息をつく。房間は水仙茶の甘い香りに満たされている。その香りが少し心を慰めてくれたけれど、しかし未知の場所にいる不安を拭い去ることはできない。

(ここに来たいって言ったのは、確かに俺自身だけど)

あたりを見まわしながら、莉星はため息をついた。

(……桂英から離れることができれば、どこでもよかったんだ)

彼を遠のけようと思うのなら、いつでもそうできた。自分が家から出てもよかった。それでも今までそうしなかったのは、莉星の甘えにほかならない。拒否しながらも求め、桂英のそばにいたいと甘ったれたことを思っていただけなのだ。

(俺が桂英の近くにいては、桂英のためにならない)

なにしろ、彼には縁談が持ちあがっている。妲己などという不名誉なふたつ名をつけられている弟がいては、縁談に差し障りが出るかもしれない。莉星自身、いつ自分が衝動に駆られて桂英に想いを告げてしまうか知れない——彼を困らせるかもしれない。そう思うと、皐娍についてきたのは間違いではなかったと思うのだ。

(俺のような人間は、こうやって人目を忍んで生きるのがお似合いなんだ。人攫いの牙城《がじょう》。俺に、ふさわしい場所じゃないか)

自嘲《じちょう》が口から洩れる。部屋に満ちる水仙茶の香りは奇妙に望郷の念を抱かせて、それを振りきるように莉星は立ちあがった。

　先ほど入ってきた扉を抜けて、回廊に出る。地下のことなので、風は吹かない。ただ石畳を踏む足音が甲高く響くばかりだ。

　しばらく行くと、扉があった。それは固く閉じられていたけれど、莉星は取っ手に手をかけた。ぐいと引くとそれは開き、驚く莉星の前、部屋の隅にうずくまっている娘たちの姿があった。

「あなた……、は……？」

　娘は、三人いた。いずれも絹の襦裙《じゆくん》をまとい、腕にかけた披帛《ひはく》や額に描いた花鈿《かでん》からも、首釧子《くびかざり》、珠鐶《うでわ》からも、それ相応の身分のある者たちだと思われた。

「あなたも……皐嫌さまに、とらわれたの？」

『も』？　莉星は、眉根を寄せた。

「ということは、あなたがたもですか？」

「わたしは……皐嫌さまの手の者に攫われて、ここに」

　脅えを隠しもせずに、紅《あか》い披帛をまとった女が言った。

「都では、男も女も構わず、人が攫われています……わたしも、そんな罠《わな》にかかったひとり」

　女の瞳は、輝くような金色だった。母の麗麗が言っていたことを思い出す。鮮やかな瞳の主が攫われる——皐槲の意図はわからないけれど、彼の好みは煌めくような瞳だということだろうか。

「ここに集められた者たちは、生き血を絞られると。そう、皆が噂しています」

額に、桜の花びらを摸した花鈿を描いた女が言った。

「生き血を集めて、永遠の命と若さを得るのだと。そのために、わたしたちを集めたのだと」

「……ばかばかしい」

莉星は思わず、吐き出すように言っていた。生き血などで命を永《なが》らえられるわけはない。古くにはそういった迷信があったようだけれど、今の時代にそのようなことを信じている者がいるとは思えなかったし、ましてやあの皐槲が、そのような狂信的なことに身を窶《やつ》しているわけではないことを莉星は知っている。

「でも、本当ですわ！　わたしたちと一緒に連れてこられた者の姿を見ませんもの。この城の奥には処刑台があって、そこで夜な夜な、生き血を絞られているに違いありません……！」

女は、悲痛な悲鳴をあげた。三人は新たな恐怖に苛まれたかのように身を寄せ合い、唇を嚙みしめて震えている。

彼女たちをなだめる方法など知らないし、そんなことをしてやるつもりもない。莉星は扉を閉じ、きびすを返した。

見やると、等間隔に扉が並んでいる。その中に、皐𡢽が攫った男や女が閉じ込められているのだろうか。しかし莉星は、易々と房間から出ることができた。もっともここは、地下の城なのだ。抜け出そうとしてできるものでもないだろう。莉星にも、自分がいったいどこから入ってきてどこから出られるのか見当もつかないのだ。

(生き血を、絞るなんて)

あの女たちは本気で脅えていたけれど、莉星には笑い話でしかない。同時に、仮にそれが本当だったとしてもどれほどのことだろう。殺されて惜しい命ではない。都の家族も、厄介者がいなくなってせいせいしているだろう。そして妲己という悪評も、ここで終わりを告げるということだ。

(ただ……)

与えられた房間に戻りながら、莉星は考える。惜しくもない命を、今まで永らえていた理由。この身を穢らわしいと思うのなら、さっさと命を絶てばいいものを、おめおめと生き延びてきたわけ。それはただひとりの存在ゆえにほかならない。

彼がいるからこそ、莉星は思いきることができなかった。妲己と蔑《さげす》まれ男たちに身を委ねる日々に甘んじたのも、彼がいたから。それがすべてだった。

(……桂英)

元の房間に戻り、衾の上に身を投げ出しながら、莉星は息をついた。このような想いを押しつけられても、桂英には煩わしいだけだろう。それでも彼は莉星の生きるよすがであり、彼がいるから生きながらえてきたといっても過言ではなかった。

しかし、ここでは。実際に生き血を絞られるのかどうかは別として、今まで暮らしていた世界とは隔絶したこの場所では、もう二度と桂英に会うことは叶わない。それをわかっていて、莉星はここにやってきたのだ。

(思いきれる)

ため息とともに、莉星は胸の中でつぶやいた。

(早く、こうするべきだったんだ……家から離れて、桂英から離れて)

皐嫌に、感謝しなくてはいけないと思った。どうしても未練を断ち切れない莉星に、引導を渡してくれたのだから。桂英への想いから、引き離してくれたのだから。

それでも、胸の奥では彼の姿が瞬く。桂英、と呼びかけてしまいたくなるのを、懸命に堪《こら》えた。唇を嚙みしめ、愛おしい名前が洩れこぼれないようにと懸命になった。

□

掠れた声が響いて、それに荒い呼気が絡む。

莉星は、手を伸ばした。震える指先は強い手にしっかりと摑まれ、その力の強さに莉星は震えた。

なにもまとっていない体を、舌が這う。莉星の口もとに唇を寄せ、その形をなぞっているのは皐柹だ。彼の舌はまるで生きもののように莉星のそれをからめとり、ちゅくちゅくと音を立てて吸いあげる。

「ん、……、っ、……、っ……」

横臥《おうが》している莉星の背に、男の舌が這う。名など知らぬ男だけれど、莉星を見て瞳を蕩けさせ、早々にこの身に食らいついてきた。

「ひぁ、あ……、っ、……、っ……」

同時に、莉星の腰にくちづけている男がいる。彼は莉星の浮いた腰骨を愛撫するように、音を立てて唇を押しつけ、そこからはぴりぴりとした快感が伝いのぼってくる。

舌をからめとられているせいで、満足に呼吸ができない。その息苦しさがますますの性感を呼び、莉星は大きく胸を喘がせた。

「っあ、あ……、っ、……、っ……」

唇を舐められ、舌を吸われる。肩甲骨を囓《かじ》られ、背骨のくぼみに舌をすべらされる。腰骨に歯を立てられ、ざらついた手のひらで撫であげられて、くぐもった声が洩れこぼれた。

「いぁ……、っ、……、っ……」

「甘い声だ」

舌を這わせながら、そうささやいたのは皐煐だ。彼の低い声が、敏感な肌を伝って莉星を感じさせる。ぶるりと震った体を男が押さえ込み、快感は吐き出す先を失って体中を巡り、高い熱となって莉星を苛んだ。

「もっと聞かせろ。おまえの、艶めかしい声を……」

「やぁ、あ……、っ、……、っ……」

舌を強く吸いあげられる。背骨のくぼみを辿られる。勃起した欲望のまわりを焦らすようになぞられて、その焦れったさに莉星は声をあげた。

「あ、……、っ、……」

身を揺らし、こぼれ落ちそうな涙とともに莉星は唇を噛む。このようなときに、いつも溢れそうになる名前を噛み殺したのだ。

「こ、んな……の、……、っ……」

「どうしてほしいんだ?」

そんな莉星の反応を悦ぶように、皐煐が言った。

「言ってみろ?　おまえがもっと悦ぶ姿を見てみたい……」

「あ、あ……、っ、……、っ……!」

きゅっと、舌を吸われる。唇を軽く咬まれる。それだけでも達してしまいそうなのに、男の手が自身にすべった。根もとをぎゅっと握られて、息が止まる。達することもできず、ただ感じる場所をいじられて浅い呼気が洩れるばかりだ。

「や、……っ、……、っ……」

「莉星」

「あ、あ……っや、……も、っと……っ」

腰を捩りながら、莉星は叫んだ。

「達、かせて……っ、……あ、もっと……強く……」

その言葉を、この連日連夜、何度口にしただろうか。快楽にぼやけた今の頭ではうまく考えることができない。

ふふ、と皐嫌が含み笑いを洩らす。それが敏感な唇に触れて、莉星は大きく身震いした。

「そうか……ここ、か?」

腰に触れていた男が、手をすべらせる。根もとを縛《いまし》めた欲望を擦りあげ、すると先端から透明な淫液が洩れる。

「触れるだけでいいのか？　擦って、いじって……高めてやらなくてもいいのか?」

「あ、……して……、っ……」

腰を揺らして、莉星は声をあげる。

「いじ、って……、っ、……して……も、っと……」

男の吐息が、背にかかる。敏感な神経が反応し、莉星は大きく目を見開く。同時にちゅっと舌を吸われ、ぞくぞくと体中を走る痺れがある。

「や、ぁ……、もっと、強く……っ……」

「いいだろう」

男たちが、莉星の体を仰向《あおむ》けにした。皐嬿はなおも莉星の口を吸い、背に愛撫の痕をつけていた男が乳首に舌を這わせる。縛められていた下半身はもうひとりの男の口腔に包まれ、きゅっと吸いあげられて莉星は悲鳴をあげた。

「おまえが、もういいと言うまでしてやろう……骨の髄まで、絞り取ってやる」

皐嬿の言葉に、莉星は目を見開く。滲んだ視界に皐嬿の微笑みが映った。淫靡《いんび》な笑みに、莉星は背筋を震わせる。あ、と開いた口に舌が挿り込んできて、その表面を舐めあげられる。莉星が大きくわななかせた肩に、男の歯が食い込んだ。

「ひぁ、あ……、っ、……」

びりびりと伝わってきた感覚に、裏返った声があがる。皐嬿はくすくすと笑いながら、なおも莉星の舌をもてあそび、そうされて体中がじんと痺れる。

下肢に這う男の舌が、莉星自身を舐めあげた。どっと蜜が溢れる。欲望はなおも愛撫を求めてふるふると震え、莉星はもどかしく腰を揺すった。

「もっと……、っ、……、っ……」

「舐めてやれ」

皐蝋が告げると、男は生温《なまぬる》い口腔を開く。その中に自身を含まれて、伝わってくる感覚にぞくりとしたものが脳裏までを伝う。

こうやって皐蝋とともに、幾人いるのかわからない男たちに嬲《なぶ》られる日が幾日続いただろう。三日、七日、十四日、ひと月。莉星の脳裏はまともに働こうとしない。

「や、ぁ……、っ、……、っ、……」

腰を揺すると、強い力で押さえつけられる。自由が利かない中、感じる場所を舐められ吸われ、莉星は大きく背を仰け反らせた。

「だ、め……、っ、……、っ……」

胸を撫でさすっていた男が、顔を寄せてくる。ざらりとした舌で乳首を辿られて震え、そこは硬く尖ってさらなる愛撫を求めている。

「っあ……、っ……、っ、……ぁ」

「悦んでいるくせに」

莉星の唇を舌で辿りながら、皐蝋がささやく。

「こうやって、大勢にもてあそばれるのが好きなのだろう？　たくさんの指と、舌で……翻《ほん》弄《ろう》されることを望んでいるのだろう？」

「は……、っ、……、っ、……」

きゅうと乳首を吸われ、同時に自身に舌を絡められる。それぞれが硬く勃ち、さらなる愛撫を求めて震えている。莉星は思わず手を伸ばし、両脚の間に顔を埋《うず》める男の髪に指を絡めた。

「や、ぁ……、ッ、……っ……」

じゅくりと吸われて、腰が大きく跳ねる。欲望が解き放たれたのだ。男の口腔に白濁を放ち、莉星は何度も大きく肩を揺らした。

「っ、は、ぁ……あ、あ……、っ……」

男が、ごくりと嚥下する音が聞こえた。それに、かっと頬が熱くなる。しかし莉星の欲望は萎《な》えることなく屹立《きつりつ》していて、なおも愛撫を求めていた。

「あ、……も、っと……っ……」

「おまえが欲しいのは、こっちだろう?」

皐嫌の手がすべる。彼は莉星の双丘を撫で、それに下半身がひくりと動いた。骨張った指はその奥に這い、秘めた場所につぷりと挿り込んだ。

「や、あ……、っ、……っ……」

「中から、滲んできているな」

同時に乳首を吸われ欲望を舌でもてあそばれ、莉星の目の焦点は合わない。そんな莉星をさらに翻弄しようとでもいうように、双丘に差し挿れられた指は中を抉り突きあげて、中ほどの感じる部分を擦りあげた。

「ひぁ、あ……ああ、あ……っ！」

「相変わらず、感じやすいな」

皐㵗が、指をうごめかせながらつぶやく。彼の乱れた呼気が、濡れた唇に触れる。莉星の体をもてあそぶことで、皐㵗もまた昂奮しているのだと知って莉星の性感も燃えあがる。

「確かにここは、男の弱い部分だが……これほど感じるというのも、面妖だな……」

「や、ぁ……ん、なこと……、っ……っ」

そこを擦られると、体中に痙攣が走る。それを追いあげるように乳首を、そしてまた放ちそうな自身を愛撫されているのだから、声を堪えることなどできるはずがない。

「や、ぁ……っ、……も、れ……じょ、う……、っ……」

腰を捩る。挿り込む指を締めつけて、もっとと先をねだった。

「痛いだろうが」

皐㵗はそう言うけれど、しかし重ねられた唇は弧の形に歪んでいる。莉星の反応を悦んでいることは明らかで、それに促されるように、莉星はなおも下肢を揺すった。

「いや……、は、や……、っ、……、っ……」

挿り込む指が二本に増えて、感じる突起をきゅっと抓む。とたん、舌の根までが痺れる衝撃があった。莉星は咽喉を反らせて喘ぎ、腕を伸ばして皐㵗に抱きついた。

「はや、く……、れ、て……」

ねだる莉星に、彼の体をもてあそぶ男たちがその存在を誇示するかのように、舌や指を使う。体の奥までを暴かれて莉星は喘ぎ、欲望は再び熱を放った。

「あ、あ……、っ、……、っ、……」

掠れた声が、咽喉から洩れる。莉星の頭は真っ白に塗りつぶされ、彼は、はくはくと息を吐いた。

「……っああ、あ……っ、……」

あ、と声をあげて莉星は目を見開いた。ちゅくりと指が引き抜かれる。同時に男たちも莉星の体を解放してしまう。強烈すぎる快楽を奪われて、莉星の目の縁からは涙が溢れた。

「や、ぁ……ああ、あ……、っ、いや……」

「急くな……、おまえの欲しいものを、やるから」

脚を大きく開かされる。溢れた淫液に濡れそぼったそこは、ひやりとした空気を感じて震える。しかしそれを感じている間もなく、皐嫦の体が入り込んできた。

「い……、っ、……、っ、……」

「もっと、脚を開け……挿れてやろう」

彼の手が、腿にかかる。後孔はぱくりと口を開け、押し当てられた太い欲望の先端を受け挿れようとする。

「ふふ……、積極的だな」

「や、ぁ……、っ、……、ん、っ……」

ずく、と男の欲芯が挿ってくる。襞が押し伸ばされ、その快感に莉星は喘いだ。捩る腰に皐慷の手がかかる。腫れた乳首と、勃起して先端からしずくを流す自身には男たちが群がり、てんでに違う力できゅうと吸いあげた。

「ひぁ、あ……、っ、……、ッ、……ぅ……」

貫かれる圧迫感とともに、感じる部分をもてあそばれて莉星の声が途切れる。引き攣る体を男たちは容赦なく追いあげて、莉星は我を忘れて快楽に溺れた。

「い、ぁ、ああ……、っ、……、っ！」

「いつも以上に、きついな……やはりおまえは、こうやって嬲られるのが好きなのだな……？」

「やっ、……、っ、……！」

ずん、と中の感じる突起を突かれた。莉星の陰茎を吸う男がごくりと咽喉を鳴らす。また、達してしまったのかもしれない。後孔が強く締まり、すると呑み込む男の質量がますます如実に感じられて、莉星は咽喉を震わせながら先をねだる。

「す、き……、から……、あ、あ……も、……っと……」

「もちろん……もっと深くまで、暴いてやる」

皐嫐は言って、何度も抜き差しを繰り返す。蜜襞が乱され、奥に隠れた部分をも擦られて、莉星は喘いだ。あまりの快感から逃げようとしても、しっかりと腰を押さえられて身動きはままならない。

「おまえの、この蕩けそうな体……奥まで、秘密を暴いてやる」

「や、ぁ……、っ、……、っ……」

じゅく、じゅくと奥まで欲望が挿り込んでくる。蜜洞がかきまわされ、内壁の生む蜜が音を立てる。それは胸や下肢を吸われる音と混ざってあまりにも淫らに耳に届き、莉星は何度も身をわななかせた。

「ひぁ、ああ……あ、あ……っ……！」

男の質量に、襞が拡げられる。圧迫感に喘ぐ莉星に構わず皐嫐は腰を進めてきて、ますますの衝撃に莉星は咽喉を嗄らす。

「……奥まで、届いたぞ」

「い、……、っ、……、ぁ、あ……あ……」

莉星の唇が、わなわなと震える。最奥までを貫かれる感覚は、何度経験しても慣れない。そのぶん快感も凄《すさ》まじく、莉星は荒い呼気を吐きながら涙の滲んだ目を皐嫐に向けた。

「や、っ……、も、っと……っ……」

「なおもねだるか？」

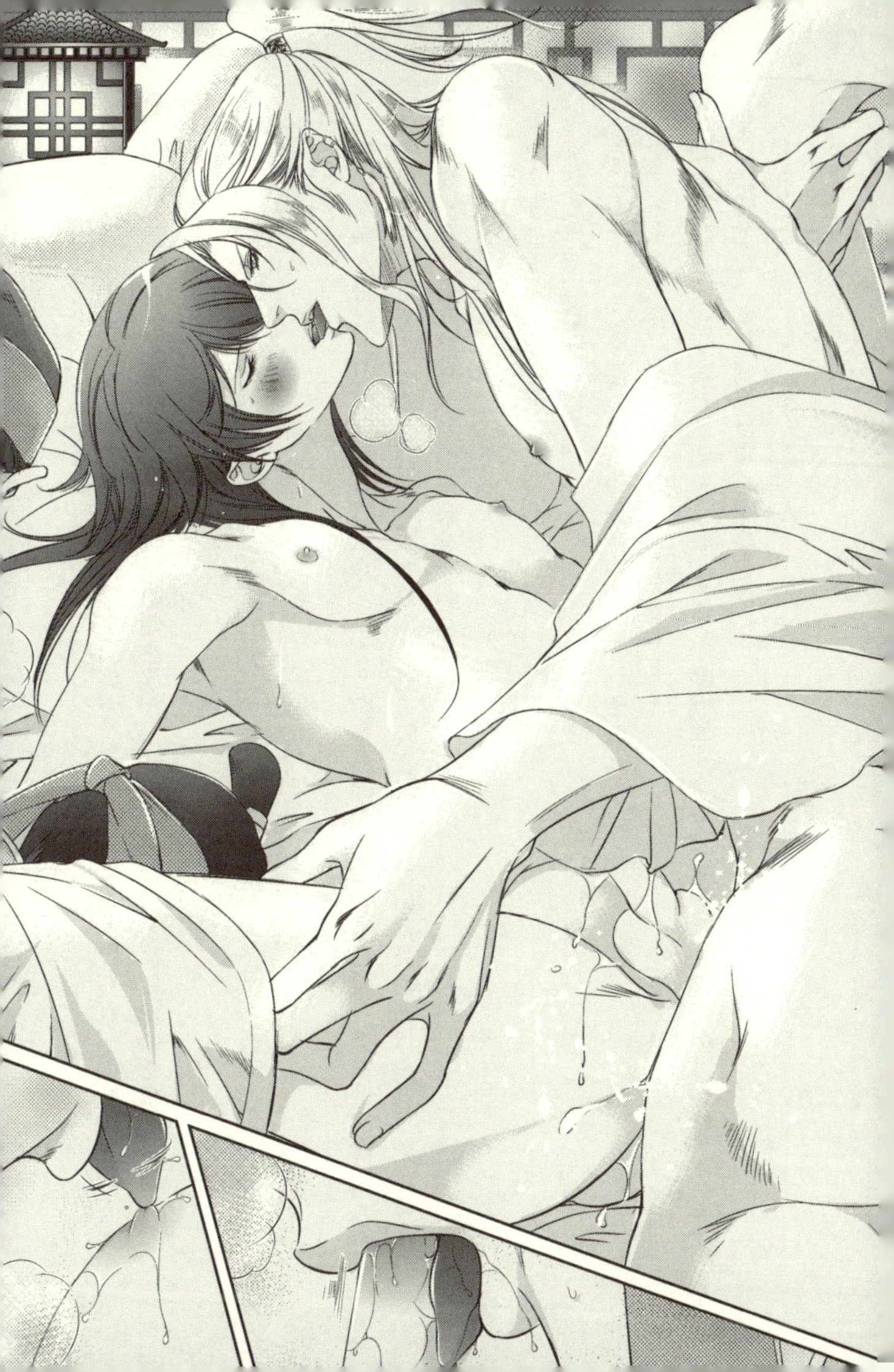

莉星の腰に指を絡めたまま、皐燐は腰を引いた。再び強く突きあげられ、引き抜かれてまた突かれる。激しくかき乱されて莉星の頬を涙が伝ったけれど、貪欲に快楽を求める情欲の炎は消える気配を見せない。

「いぁ、ああ……、っ、……、っ、……！」

「おまえの中……絡みついて、離れないな。これほど淫らな体を、味わったことはない……」

腰にかかる指に、力が籠もる。ずく、ずくと突きあげられて莉星は嬌声をあげ、身悶える体を男たちがもてあそぶ。乳首を吸われて、軽く咬まれる。欲望は吸いあげられ、同時に蜜《みつ》嚢《のう》を揉《も》まれて痛みぎりぎりの快楽を味わわされた。

「ひ、っ……、っ、……、ぃ……、ん、……、っ」

「どこが感じるのか、言ってみろ」

乱れた声で、皐燐が言う。

「ここか？　ここを擦られるのがいいのか？　それとも……」

「や、ぁ……、お、く……、奥、……っ……！」

腰を跳ねさせ、すると欲望をくわえる男の咽喉奥を突く。感じる先端を擦りつけることがまた快感となって、莉星は声を嗄らした。

「ふぁ……、ぅ……、っ、ん、ん……、っ」

大きく、体が反った。もう何度目になるかわからない絶頂に、脳裏までが痺れる。どく、どくと吐き出した欲液は男に嚥下され、しかしその余韻を味わっている間もなく秘奥を突かれた。莉星の声は、か細く響く。

「……ん、……、っ、……ん、ん……」

体の奥で、男が脈打つ。その質量は莉星に新たな快楽を感じさせ、思わず満たされる息をつく。

「あ、……なか、で……、っ、……」

自分がなにを口走っているのか、自覚はない。ただ欲求のままに声をあげ、自分を犯す男の体に縋《すが》りついた。

「なか、で……達って……、おれ、の……な、か……」

「おまえの中で?」

からかうような口調で、皐燐が言う。

「おまえの中を、汚せと? 私の淫液で、穢されたいと?」

「あ、あ……、穢して……、っ、……」

ぶるり、と莉星は身を震う。

「俺のこと、汚して……深い、ところで……」

蜜が垂れ流れる口もとに、皐燐の指が這う。反射的に莉星はそれをくわえて吸い、そうすると頭の中がますますかき乱される。目の前が真っ白になって、くらくらと眩暈《めまい》がする。

「おねが……、っ、……」

「ほかならぬ、おまえの頼みだ」

皐嫌が指を引き抜くと、銀色の糸が長く伝った。それを追いかけて出た舌を擦られて、ぞくぞくと背筋が震える。彼は再び莉星の腰を摑むと、ひときわ強く下肢を突きあげた。

「望みどおり、穢してやろう……深い場所を。おまえが、私なしでは生きていけなくなるくらいにな」

「あ、あ……、っあ、あ……っ……」

男の欲望が、さらに奥を突いてくる。もうこれ以上は、と思った箇所を強く擦られ、莉星は大きく瞠目《どうもく》する。

「ふぁ……、っ、……、ぅ、……っ……！」

体の奥が、熱く焼ける。ずん、と突きあげられる衝撃に感じさせられて莉星は背を反らせ、そんな彼の体を男たちの手が押しとどめた。

「っ、ん……、ッ、……ん、んん……ぅ」

は、は、と乱れた呼気が洩れる。莉星の見開いた目にはなにも映らず、ただ全身を貫く快楽に身を委ねている。脳裏は真っ白に染まり、もうなにも考えることができない。

「来たか」

だから、皐嫦がそう言った理由がわからなかった。なおも男たちの舌に愛撫され、ひくひくと腰を震わせていた莉星は、今までになかった気配に気がついてまばたきをする。

「……あ、……、っ……?」

「お出ましだな。……いい光景だろう?」

「な、に……」

莉星は、目もとを拭った。涙が晴れて、目の前の皐嫦の顔がはっきりと見えた。彼は、いたずらを企《たくら》んでいる子供のような顔をして莉星を見ている。

「このようなところを見るのは、初めてか? まさか、したことがないとは言わないだろうな?」

「皐嫦……?」

莉星は、ふと横を見る。そこにあった姿——注がれるまなざしの色に、こぼれ落ちんばかりに目を見開いた。

「……桂英、……っ……」

そこにいたのは、藍色《あいいろ》の長袍をまとった桂英だった。彼はその紫色の瞳を見開いて、莉星を見ていた。

その目は信じられないものを見た驚愕に染まっていて、思いもしない人物を前に莉星の声は言葉を継げないほどに震える。

「ど、うして……、っ……」

桂英の袍は、乱れている。腕が後ろにまわっているのは、手首を縛られているからだろうか。目もとや口もとが少し赤くなっているのは、目隠しや猿轡《さるぐつわ》をされたからか。

「私が招いたんだよ」

皐𡡾は、うたうようにそう言った。

「おまえが喜ぶと思ってな。おまえの、望む形だろう?」

桂英は、目を見開いたままなにも言わない。今にもこぼれ落ちそうなくらい大きく開いた目には、莉星の淫らな姿が映っているのだ。一番見せたくなかった姿を、彼は見つめているのだ。唇が微かに震えているのは、声を出したくても出せないからだろう。

「いや、……、っ、……、っ……」

莉星はもがいた。しかし皐𡡾の手はしっかりと莉星の腰を掴み、自由な動きを許さない。桂英の目の前で何度も深いところまで突き込まれ、聞かれたくない声が溢れ出る。懸命に唇を嚙みしめようとしても、指先まで感じやすい塊になった体は思うようにはならなかった。

「ち、が……、っ、……、っ」

何度も唇から溢れそうになった名前。その当人が目の前にいる。皐𡡾の戯れに違いない。もう何日続いたかわからない荒淫の日々に、味わいを加えようとしての余興なのだろう。

「や、ぁ……、っ、……、っ……!」

繋がった部分が、ぐちゃぐちゃと音を立てる。濡れた音に脳裏がかき乱されて、それに溺れてしまいたいと願う気持ちと、目の前に桂英がいると己を押しとどめる気持ちがない交ぜになる。

「っあ、あ……、ああ、あ……、っ！」

ずんと深い部分を突かれ、内壁を擦りながら引き抜かれる。襞が拡げられて刺激され、何度受け入れても慣れない感覚に、莉星は喘いだ。

「や、……も、う……、っ、……、ぅ……」

はっ、と洩れたのは、誰の吐息だったのか。莉星のあられもない姿を見つめている桂英のものに聞こえて、莉星の体の奥が冷える。抉られている深い場所は燃えあがるほどに熱いのに、桂英の視線を感じることで芯が冷えていく。

「もう、や……や、め……、っ……」

「おまえの体は、そうは言っていないのに？」

莉星の唇を、男が塞ぐ。喘ぎを吸い取られて呼吸ができず、体中がまた熱くなる。しかし桂英の視線を感じて冷えた部分はそのままで、混乱に莉星はなおも声をあげた。

「この体は、もっとと言っている……もっともっと、犯してほしいとな」

「やぁ、ちが……、っ、……、っ……」

声が掠れる。次いで舌を吸われて、呼吸も思うようにならない。強く吸いあげられるのはいつもならたまらない快楽だけれど、今の莉星には苦痛でしかない。

「っあ、あ、……やぁ、あ……、っ……！」

舌をもてあそばれ、同時に尖りきった乳首を吸われる。跳ねる腰を押さえつけられて深くまでを抉られて、愉悦に慣れた莉星の体は易々と高まっていく。

「あ、あ……、っ、……、……」

どくり、と下肢が震える。莉星の欲望は白濁を吐き出し、下腹部がどろりと濡れる。そこに指が這った。うっすらと開けた瞳に、白濁に絡む赤が映る。皐嫌がそれを舐め取っていることに気づき、莉星の頬がかっと熱くなった。

この光景を、桂英も見ているのだ。それを思うと体は冷えて、それなのに追いあげられる熱はそのまま莉星を苛む。

「どうだ……？　弟の、こういう姿を見るのは」

皐嫌が言った。それに対する返事はなかったけれど、桂英がどのような顔をしてこちらを見ているのかが目の裏にはありありと浮かぶ。莉星は視線を桂英のほうに向けようとしたけれど、身を貫く質量の重さに意識が散漫になってしまう。

「見るのは初めてか？　なかなかに麗しい光景だろう？　おまえの弟は、こうやって男に抱かれているときがもっともうつくしい……」

「いぁ、あ……、っ、……、っ……！」

ぎりぎりまで引き抜かれ、息をついたところでいきなり深くを貫かれる。体が大きく跳ね、秘所がひくひくと震えた。そんな莉星を追いあげるように、皐嫌はなおも突きあげてくる。

「や、ぁ……ああ……っ、……」

男の手が伸びて、莉星の欲望を摑んだ。もう何度達したかしれないそれはゆるやかに力を帯びていて、擦られるとまた欲を持って勃ちあがる。

「兄に見つめられて感じるのか？　これほど、蜜を垂らして……」

「っあ、……ああ、あ……、ぅ……！」

下肢が跳ねる。莉星は欲望を放ちながら、最奥に注がれる熱いものを感じていた。肌に伝った吐息は誰のものか。体に擦りつけられ放たれた熱いものは、誰の淫液か。

「い、や……、っ、……、っ……」

じゅくり、と音がして莉星を貫いていた熱杭が引き抜かれる。はっ、と息をついた唇が吸いあげられ、咽喉が大きく震えた。

「あ、あ……っ、……っ……」

男たちの体が、離れる。遠のく体温を本能が惜しみ、しかし目に入った紫色のまなざしに、胸が大きく鳴った。

「莉星……おまえほど愛しい者を、私は知らない……」

皐嫌が甘い言葉をかけてくる。その腕に抱きしめられて、莉星は目を閉じた。執拗に貪られた体は、意思とは裏腹に深い淵《ふち》へと堕ちていく。

□

目を開けると、あたりは真っ暗だった。

視界が利かなくて、何度もまばたきをする。なにも見えなかった闇が少し薄まって、莉星はそっとかたわらに視線をやる。

「莉星」

声をかけられて、どきりと鼓動が胸を打った。

「……桂英」

莉星は、臥台の上に横になっているようだ。そっと体を動かすと、奥にまで響く衝撃があった。その疼《うず》きに、先ほどまで自分の身に起こっていたことを思い出す。

「あ……、っ！」

思わず、手に触れた掛布を引きあげた。しかしそのようなことで体が隠れるわけはなく、莉星はじっと注がれる桂英の視線に晒《さら》されていた。

桂英は、なにも言わなかった。暗闇の中、彼の沈黙が重くのしかかる。房間の中にふたり以外の気配はない。

桂英の前で辱《はずかし》められた莉星を彼とふたりきりにして、さらに莉星に恥辱を与えようということだろうか。あの男なら考えかねない。

それならこの光景を、自ら目にしようとするのではないだろうか。しかし日がな莉星を苛むことに時を費やしている皐嫌が、姿を消す時間が毎日あった。今はその刻限なのかもしれない。

今まで考える余裕がなかったけれど、ここではとらえた人間の生き血を絞ると言われているのだ。そう言って脅えていた娘たちのことを思い出した。皐嫌が姿を消すときは、本当にとらえた人間の血を啜っているのかもしれない——そのような考えも成り立たないわけではない。あの圧倒的な美貌は生き血によって保たれていると言われても納得できる。

「莉星……」

桂英が、口を開いた。莉星は、びくりと体を震わせる。

「望んで、ここに?」

「あの男に、招かれた」

できるだけ心を隠して、莉星は淡々とした口調で言った。

「俺には……こういう場所が、ふさわしいだろう?」

「あんな目に遭って?」

莉星の胸が、再びどきりと鳴った。それを隠そうとして目をすがめた。唇を薄く開くと、ささやく。

「俺が、ここにいるのと似たような生活を送っていたことは、知っているだろう?」

桂英は口を噤《つぐ》んだ。彼の沈黙に、房間の暗闇はますます重くなる。それに押しつぶされそうになりながら、莉星は桂英の言葉を待った。

「知ってた……けど」

彼は、言葉を濁した。

「思わなくて……、あん、な……」

莉星の頬が熱くなる。桂英に見られていたことはわかっていたけれど、この身をもてあそぶ男たちの手から逃れることはできなかった。それは腕力の問題でもあったけれど、身に疼く性感を治める方法を、莉星はほかに知らなかった。

「あんな……、おまえの、姿」

「見たこと、なかった?」

自らを嘲笑うように、莉星は言った。

「考えたこともなかったか? そのせいで、俺はおまえの目にも入らないように生きてきたのに」

「どうして……」

掠れた声で、桂英は言った。

「どうして……、こんな、ところに」

「俺が、自分で来たんだ」

素っ気ない口調で、莉星は言った。

「家にはいられないと、ずっと思っていた。あの男に攫われたのは、好機だったんだ」

「好機だなんて……」

桂英が口ごもる。そうやって彼を困らせたくはないのに、ついつい口調が尖ってしまうのはなぜなのだろう。

「桂英は……どうして、ここに？」

莉星が言うと、桂英はますます言葉を濁した。暗い中でも、彼が迷っているのがわかる。

「ここだって、思ったんだ」

ややあって、桂英は言った。

「俺たちみたいな容姿の者たちが攫われる事件が増えているってのは、聞いていた話だ。そんな中、莉星がいなくなった……攫われたって考えるのは自然だろう？」

結局、ここまで無理やり連れてこられたわけだけれど。桂英は苦く笑った。

「だからって」

桂英は、莉星の横たわっている臥台に近づいた。彼の気配を近くに感じ、莉星は思わず息を呑む。

「どうして、おまえが来るんだ。傭人でもやれば済むことだろうが」

「おまえがいなくなったっていうのに、人に任せられるわけがないだろう?」

彼が声を荒らげたので、莉星は驚いた。見開いた目に桂英の怒りの顔が映る。莉星はたじろいだ。

「でも、俺のことなんか……なんで、おまえが気にかけるんだ」

「気にかけるに、決まっている」

乱暴な口調で、桂英は言った。

「俺の……弟だぞ? 放っておけるわけないだろう?」

「弟なんて……こんな、俺なのに?」

「こんなって、なんだ」

勢いを得たのか、桂英の声が大きくなる。

「どうして、そんなふうに……自分を卑下するんだ」

桂英が手を伸ばしてくる。そっと頬に触れられて、びくりとした。桂英はどこか思い詰めたような表情をして、じっと莉星を見つめている。

「前からそうだ。自分のことなのに、そんなふうに投げやりになる。……俺が、知らないとでも思っていたのか?」

息を呑む。闇に慣れた目には、まっすぐに見つめてくる桂英の瞳が映る。それが揺らぎなく自分を映していることに、思わず視線を逸らせた。

「知っていた……おまえのことなら、なんでも」

桂英の言葉に、呼吸を忘れた。しかし彼を見る勇気はなかった。体を強《こわ》ばらせて、続く言葉を聞いていた。

「でも、俺はなんの力にもなれなくて……おまえを、遠くから見ていることしかできなかった」

悔やむような口調だ。反射的に莉星は、目だけで桂英を見た。

「本当は、力になりたかった。ずっとそう思っていた……けど」

「桂英……」

兄が、そのようなことを思っていたとは思わなかった。桂英の声が徐々に震えていくのを莉星は不思議な思いで聞いていた。

「なにもできない自分が歯痒《はがゆ》くて、でも……なにもできなくて」

「なにか、してほしいわけじゃない」

彼が、なにを言いたいのかわからない。なおもかけられる言葉に素直になることができなくて、突き放すように莉星は言った。

「俺のことなんか、放っておいてくれてよかったんだ。俺なんか……」

言葉に詰まる。そんな莉星を、桂英が覗き込んでくる。

「じゃあ、訊《き》くけれど」

莉星の頬に指先を触れたまま、桂英は言った。

「おまえがそんなふうに言う……おまえ自身を、追い出すなんてこと。父さまにも母さまにも簡単なことだ。それなのに、そうしなかったのはなぜだと思う？」

「そ、んなこと……」

震える声で、莉星は応える。

「構うだけの価値なんか、俺にはない。だから……」

そんな莉星を、桂英は見つめる。じっと視線を注がれて、居心地悪く体をもぞつかせた。なおもまなざしを固定したまま、桂英が口を開く。

「莉星を、愛しているからだ」

桂英の言ったことに、莉星は瞠目した。彼の指が頬を辿る。その感覚に目を見開いたまま、莉星は桂英を見つめた。

「父さまも、母さまも……おまえのことを、愛している」

震える声で、彼は言った。

「俺、も」

続けられた桂英の言葉に莉星は唇を噛んだ。まさかという思いに、桂英の顔を見つめることしかできない。

「俺も……莉星を、愛している」

「そんな、こと」

掠れた声で、莉星は言った。自分の言葉が途切れている理由がわからない。桂英が言っていることは、ただの親愛の表現に過ぎないのに。どきりと大きく響いた心臓の鼓動の理由がわからない。

「そんなこと……、言って……」

同時に脳裏に過ぎったのは、怒りだった。軽々しく言うことではないと胸が熱くなる。

「わかっているのか……、俺が、どう思うか」

そのような言葉を聞きたかったわけではない。兄弟としての愛情なんて欲しくない。しかしそれ以上を言うことはできなくて、ただ視線を惑わせた。

「どうして今、そんなことを言うんだ」

桂英の指は、辿るように莉星の頬に触れたままだ。それを振り払いたくて、しかしそうはできなかった。伝わってくる温かさが心地いい。触れるか触れないかというくらいに込められた力が愛おしい。

「おまえ……俺が、どうして妲己なんて呼ばれているか、わかっただろう?」

莉星の声は自虐的なものになったけれど、抑えることはできなかった。桂英の指の感覚に酔いながら、莉星は自らを苛む言葉を続ける。

「自分を抑えられないんだ。俺は……男とのまぐわいなしでは生きていけない」

桂英が、ごくりと息を呑んだのがわかった。自分で言っておきながら、それに莉星は傷ついた。

「おまけに、俺と寝たやつは皆おかしな死にかたをする。俺は、疫病神だ」

「そんなの、たまたまだ」

ためらいなく言い切った桂英に、莉星は目を見開く。桂英は真剣なまなざしで、弟を見つめている。

「疫病神とか、そういうことがあるわけがない。そんなこと、噂話が好きな連中が流した話でしかない」

「どうして、そんなこと……」

今まで思いもしなかったことを、桂英は言う。戸惑った莉星は思わず起きあがり、頬に触れていた兄の指がすべり落ちた。

「なぜだって、そんなこと言うんだ」

震える声で、莉星は言った。

「どうして……今。こんなところで。俺を……今さら、惑わせるんだ」

莉星の問いかけに桂英は口を噤んだ。今まで真剣な視線を注いでいたことを忘れたかのように目を逸らせ、言いにくそうに唇をわななかせている。

そんな彼に、むっとした感情が湧きあがる。苛立《いらだ》ちをぶつけるように、莉星は声を荒らげた。

「なぜ、おまえが言うんだ。……俺の、ことなんて」

暗がりの中、桂英がたじろいだ。莉星の腹立ちが増す。

「どうでもいいくせに……！」

「どうでもいいなんて、ことはない」

掠れた声で、桂英は言った。

「どうでもいいなんて……思ったことはない」

「じゃあ、なんでそんなふうに……脅えているみたいに」

桂英が、びくりと震えた。そんな彼は本当に莉星に脅えているようで、ますます苛立ちが増す。

「本心を言えよ……おまえの言う気休めなんか、たくさんだ」

「気休め……なんか」

先ほどまでの、自信に満ちたもの言いはなんだったのか。両親も桂英も、莉星を愛していると言った言葉はなんだったのか。一瞬だけ莉星に夢を見せた発言は、なんだったのか。

「そんなにおどおどするなよ。それとも、俺が妲己なんかじゃないって言ったのは嘘だったのか？　俺を、喜ばせるようなことを」

はっと、莉星は口を閉じた。そう、自分は喜んだのだ。期待したのだ。桂英が言ってくれたことに。まるで彼が、莉星の望むように「愛している」との言葉を言ったのだというように。そのようなことは、あるわけがないのに。

「それ、は……」

桂英はなおも、口ごもっている。莉星は彼を睨みつけた。こうやって一緒にいられることが幸せだったからこそ、桂英が曖昧《あいまい》な態度を取ることに苛立ったのだ。

「……な……」

はっと、莉星は息を呑んだ。目の前が暗くなる。房間の闇には慣れたはずなのに、と驚く間もなく、柔らかいものが唇を塞いだのだ。

それはすぐに離れたけれど、いったいなにかわからなかった。莉星は、大きく目を見開いて兄を見る。視界に映った桂英が、唇を噛みしめている意味が理解できなかった。

「なに、を……？」

思わず口もとを手で覆った。桂英は目を逸らせてしまい、彼の表情が見えない。

「桂英……？」

くちづけされた、と思った。そのようなはずはない、しかし誤って触れるような距離でも体勢でもない。

彼の名を繰り返す。桂英はやはり唇を噛んでいたけれど、ふいと莉星のほうを見て、そして口ずさむようにつぶやいた。

「俺を……、軽蔑するか？」

莉星は、聞かされた言葉を繰り返すことしかできない。桂英はそんな莉星を見て、もう視線を外すことはなかった。

「軽蔑するか……？　こんな、俺を」

「なに言っているんだ？」

驚いている莉星を前に、言いにくそうに桂英は言葉を濁す。

「軽蔑って……、どういうことだ」

「さっきの、おまえの姿」

桂英の言葉に、莉星はすっと息を呑んだ。

「見せられて……、俺は」

「軽蔑するというのなら、おまえが俺を、だろう？」

皐蜐と、名も知らぬふたりの男に抱かれているところを見られたのだ。莉星は拒むこともなく、ただただ快楽を受け入れた。そんな莉星が軽蔑されるならともかく、桂英を軽蔑するとはどういうことなのか。

「違う……」

震える声で、桂英は言った。

「俺は……おまえがひどい目に遭っていることがわかっていた。おまえを、助けるべきだった……どんな手を使っても。それでも……」

「桂英?」

「俺は、おまえを見ていることしかできなかった」

莉星は、眉根に皺を寄せる。

「別に俺は、助けてほしいなんて言っていない」

口調は不機嫌なものになってしまい、また突っ慳貪なもの言いをしてしまったと後悔した。しかし桂英は、そのような莉星など気にしていないようだ。

「いや……俺は、兄としておまえを助けるべきだった」

思い詰めた口調で、桂英は続けた。

「なにをおいても助けるべきだったのに……、俺は、おまえに見とれていた」

「見とれて……?」

あまりに意外な言葉に、莉星は目を丸くする。そんな莉星を見つめながら、桂英は唇を動かした。

「おまえが、男たちに犯されるさまに……見とれていたんだ。おまえがあまりに艶めかしくて、色っぽくて」

たまらなかった、と桂英は呻く。

「そんな俺を、軽蔑するだろう？　弟が、ひどい目に遭っているのに……そんな弟を見ていながら、俺は……」

莉星は、ごくりと唾を呑む。そんな莉星をじっと見つめながら桂英は眉根を寄せ、それでも視線は逸らせないままに続ける。

「欲情、していた」

「桂英……！」

思わず、大きな声があがる。唇を嚙み、微かに頰を紅潮させた桂英は、なおも視線を向けてくる。

「おまえの姿を見て、欲情した。……いや、前からそうだ。おまえがいろんな男に抱かれていると知って、嫉妬《しっと》し……」

そこで桂英は、言葉を切った。

「そんなおまえの姿を見てみたいと、願っていたんだ」

そして一気にそう言うと、桂英は大きく息をついた。

「ど、うして……」

莉星は声を震わせるしかなかった。目の前の桂英が、なにを言いたいのかわからない。嫉妬？　欲情？　いずれもこの優秀な兄が抱くとは思えない感情で、ましてやその相手が自分なのだとしたら。

「なにを、言っているんだ?」

戸惑う莉星の言葉に、桂英は目を吊りあげた。唇を嚙んだままに、きっと莉星を睨みつけてくる。

「桂英、おまえ……いったい」

「理解できないっていうのか?」

責めるような口調だ。莉星はたじろいだ。

「あたりまえだ……どうして、桂英がそんなことを」

「俺の気持ちが、わからないか?」

ああ、と莉星はうなずく。

「おまえが……桂英が、そんなこと……」

桂英は、自分を軽蔑するかと尋ねてきたことなどなかったかのように、まっすぐな視線で莉星を見ている。そのまなざしにますます躊躇《ちゅうちょ》しながら、莉星は言葉を継いだ。

「言うなんて、思わな……」

「愛している、莉星」

彼は、言った。莉星の目は、ますます大きく見開かれる。

「父さまや母さまが、おまえを愛しておられるのとは別の気持ちだ。俺は……おまえを愛している。ずっと、昔からだ」

「昔、から？」

鸚鵡《おうむ》のように、莉星は繰り返した。桂英は、もどかしそうな表情をする。

「ああ。おまえを、初めて見たときから……」

「俺とおまえは、双子じゃないか」

莉星は、なにを言うのかと彼を遮った。

「おまえが俺を初めて見たとき、なんて。生まれる前、母さまの腹の中でじゃないのか？」

「そうだな。そうかもしれない」

桂英は言って、莉星は思わず小さく笑った。桂英も笑い、房間には静かな笑い声が響き渡った。

「そんな戯れを……言って。俺を、からかっているのか？」

そうは言っても、悪い気はしない。桂英と笑い合うなんて幼いころ以来だったし、常に緊張していた彼との関係が変わったように感じられたのは嬉しかった。

「桂英」

しかし桂英は、莉星を愛していると言ったのだ。欲情するとも、嫉妬しているとも。そのことを思い出すと身のうちが震え、しかし莉星からそのことを聞き返すのは憚られた。

莉星が口ごもっていると、再び唇に柔らかいものが触れた。驚いて目を見開くと、覗き込んでくる桂英の顔があった。その表情はどこかいたずらめいていて、桂英もまた莉星との距離が縮まったことを喜んでいるのかもしれなかった。

「愛している、莉星」

桂英は、つぶやくようにそう言った。

「それともおまえは、こんな俺に……言われるのは、いやか?」

ふいに、彼は気弱になった。

「俺みたいな、意気地なしに。今まで思っていても、言うことのできなかった俺を……」

「桂英」

莉星は手を伸ばす。桂英の頬を包み、引き寄せる。莉星から唇を押しつけると、桂英は驚いたような小さな声をあげた。

「愛している」

唇越しにそうささやくと、桂英は唇を震わせた。この間近でも、彼が目を大きく見開いているのがわかる。莉星は笑って、再び自分からくちづけをした。

「俺は……、ずっと、桂英を想ってきた。こんな俺だけど、おまえへの気持ちだけは……本物だ」

想いのたけを込めて、莉星は心を綴った。

莉星、と桂英がささやく。その声を塞ごうとくちづけを深くすると、桂英が臥台の上の莉星に体を押しつけてくる。桂英にのしかかられて再び仰向けになると、彼がじっと見つめてくるのがわかった。

「それは、兄としてか？」

この期に及んで、そのようなことを言う桂英が愛おしかった。莉星は腕を伸ばして桂英を抱きしめ、その耳もとでそっとささやく。

「そのようなこと、あるわけがない」

舌を出して耳朶を舐めると、桂英がひくりと震えた。いつも清廉潔白で、どこまでも清冽《せいれつ》な匂いの滲む彼が、そのような反応を見せるのがおかしくて、そしてやはり愛おしかった。

「おまえだって……弟としてじゃないって、言ったじゃないか」

「だけど……莉星」

戸惑うように桂英が言う。

「こ、んな……、こと」

「思ったことも、なかった？」

からかうように莉星が言うと、桂英は怒ったように眉を吊りあげた。しかし再び耳朶を舌で辿ると、肩を震わせて目を閉じる。

「俺と……こういうこと。想像もしなかったか？」

「そ、れは……」

桂英は目を開いて、それでもはにかむように目線を逸らせてしまう。そんな彼を追いかけて再びくちづけをし、唇の間に舌をすべり込ませると、桂英は微かな声をあげた。

「いいや。俺に欲情したっていうんだ。こういうこと……まったく考えなかったなんて、あり得ないよな？」

「莉、星……」

彼の声は震えている。その声を吸い取るように莉星は舌を動かして、桂英の唇を何度もなぞった。

「っ……、ん、ん……、っ……」

莉星の腕の中で、桂英は身を跳ねさせた。そんな彼の体を押さえ込むように腕に力を込めて、なおも柔らかい部分を吸う。ちゅく、ちゅくと音を立てて愛撫すると、桂英が戸惑ったように反応するのが心地いい。

「桂英……」

名をささやくと、彼も応えた。同時に桂英のほうから舌を吸ってきて、ずくんと体の芯を貫いた感覚に莉星は目を見開く。

「好きなようには……、させない」

桂英が、呻くように言った。彼の手は莉星の肩に這い、ぎゅっと摑んでくる。そうやって莉星を拘束しておいて、桂英は改めて唇を押しつけた。舌が絡んで濡れた音を立て、唇の濡れた部分が触れ合ってぞくぞくとした感覚が体中を走る。

「ん、……、っ、……」

くちづけでこれほどに感じるとは思わなかった。今まで数え切れないほどまぐわいを繰り返してきたのに、これほど感じるくちづけは初めてだ。莉星は大きく身を震わせ、そんな彼を押さえ込むように、桂英は体重をかけてくる。

「やぁ……、っ、……」

「いや、か？」

思わずあげた声に、桂英は掠れた声を返してきた。莉星は目を見開くと、そこには桂英の不安そうな顔が映る。

「こういうの……、おまえは、いやか？」

「そ、んなこと……、は」

このような反応を見せてくる男も、初めてだった。たかだかくちづけで、これほど莉星のことを気遣ってくるなんて。莉星は驚いて桂英を見つめ、そのまなざしに彼は困ったような顔をした。

「ほら……俺は、こういうこと……不器用だし。おまえを、満足させられないんじゃないかと思って」

「な、にを……」

桂英が、そのようなことを思っているとは意外だった。莉星は目を見開いて彼を見て、すると彼は微かに頬を染める。

「桂英を……愛していると、言っただろうが」

少し、声に怒りを孕ませて莉星は言った。

「そんなおまえに与えてもらえるものは、なんでも嬉しい。桂英が俺のことを想ってしてくれる、なんだって俺は嬉しいんだ……」

莉星、と彼は言葉を詰まらせた。莉星は手を伸ばして桂英の頬を包み、またくちづける。唇を重ねて、濡れた部分を押しつけ合って。舌を絡めて、吸い立てて。房間にはふたりの立てる水音が響き、それに背がぞくぞくとわななないた。

「あ、ぅ、……、っ……」

あえかな声を洩らしたのは、莉星だった。桂英が舌を強く吸ってきて、それに全身の神経が震えたのだ。今まで身を交えてきたどの男よりも、拙い愛撫だったかもしれない。しかしそれが桂英であるからこそ、莉星の体は感じ始めている。誰の、どのような手や舌の動きよりも、桂英の愛撫は莉星を感じさせた。

「っ、……ん、……、っ……」

彼の手が、肩をすべる。一枚だけの衣越しに手のひらの温かさを感じ、ぞくぞくと震える。背中を這い下りる快楽の感覚がある。

「……っ、……う、……ん」

くちづけが深くなる。舌が根もとまで絡まって、深い部分で繋がり合う。そのことがなんとも心地よくて、また震えるものが背を走る。

「あ……、あ、……桂英……」

あえかな声で莉星が喘ぐと、彼が身をわななかせる。桂英も、感じている。彼が莉星の体を組み敷いて感じているということがたまらなく嬉しくて、その背にまわした腕に力を込めた。

「……あ」

ふたりの下肢が、擦れ合う。重なった熱い部分にどきりとする。彼の欲望の熱さを知る日が来るとは思わなかった。それを夢想したことは何度もあるけれど、こうやって自分の体で感じることがあるとは思わなかった。

「桂、英」

掠れた声で呼びかけると、ちゅくりと音がして舌が離れる。彼は顔を覗き込んできて、間近に迫ったその淡い瞳にどきりと胸を摑まれた。

「……桂英」

「なんだ……?」

問いかけには応えず、腰を揺すると桂英が唇を噛む。そんな彼の反応に、思わず莉星は微笑んだ。

「桂英も、感じている……」

彼は、ひゅっと息を呑んだ。腰を押しつけると彼は頬を熱くして、せっかく絡んでいた視線を逸らせてしまう。

「こっち、見て」

手を伸ばして、彼の首の後ろにまわす。引き寄せて、その耳にささやきかける。

「……ここ。桂英も勃ってる」

「莉、星」

乱れた呼気で、彼は堪えた。

「莉星も……ここ」

「っ、あ！」

手が這ってきて、褲子の上をすべる。どこかおどおどとした手の動きに、今までになく感じさせられた。

「大きく、なってる。……俺で、感じる？」

「そ、んなこと……」

あたりまえだ、と言おうとした。その口はくちづけに塞がれ、きゅっと吸いあげられる。

同時に下肢を撫でられて、ひくひくと腰が震えた。

「や、ぁ……、っ、……」

桂英の腕の中で、体を捩る。しかし彼の力は強くて、思うように逃げることができない。桂英は最初はためらいがちに、次第に大胆に衣越しの莉星の欲望を擦りあげ、それを大きく育てていく。

「ん、……、っあ、あ……、っ……」

ぶるり、と莉星は身を震わせた。そんな彼の様子を見て、桂英はますます手の動きを速めた。ぞくぞくとした感覚が走り抜ける。体の芯が、小刻みに痙攣する。

桂英が、はっと息をついた。莉星の反応に気がついたらしい。彼は褲子の上から擦りあげながら、莉星の唇に口もとを触れ合わせてきた。

「達くか……？」

「や、だ……、汚れ、る……っ、……」

わななく体を抑えながら、莉星は呻く。桂英の手に触れられているというだけで体は熱くなり、内側からたまらなく迫りあがるものがある。それを振り払おうとしながら、莉星は掠れた声をあげた。

「この、まま……じゃ、いや……」

ああ、と嬌声が洩れる。桂英の唇が離れた。彼の手が敷布を剥《は》いで、体にひやりと冷たい風が走る。

「や、ぁ……、っ、……」

彼の手は、褌子の帯を解いた。しゅるりと音がして、今度は下肢に冷気が走る。しかし桂英の手が中に入り込んできて、その感覚にまた熱が蘇った。

「や、……、っ、桂英……、な、に……」

ふっと、桂英の吐息が唇に触れる。そのまま彼の唇がすべり下り、勃ちあがった欲望に触れたことにびくんと下肢が跳ねた。

「ひぁ、あ……、っ、……！」

「じっと、してろ」

先端に、唇が触れる。その感覚に、莉星は目を見開いた。ちゅく、と吸いあげられた。それにどくりと全身が震え、いったんは冷えた感覚に走った熱いものが貫く。

「……っあ、あ……や、ぁ……、っ……！」

それは、ほんのちょっとした刺激だった。まぐわいのことをなにも知らない子供でもあるまいし、少し触れられただけで反応してしまうなんて。そんな自分を恥じながら、それでも迫りあがる感覚は抑えられない。

「やぁ、……、っ、……、だめ……、っ……」

「莉星」

蜜の沁み出る先端を舐めあげながら、桂英がささやいた。彼の声も欲情に濡れている。その声音にぞくぞくとしたものを覚えながら、莉星は体に走る情感に身を任せた。

「なぁ、莉星、……見せて」

「っ……、っあ、あ……、っ……」

腰が大きく跳ねる。莉星は咽喉を震わせた。同時に桂英が先端を吸い、衝撃に放ってしまう。汚れる、と思ったのも束《つか》の間《ま》、身を貫く感覚とともにごくりと嚥下の音がする。

「は、……、っ、……っ……」

胸が大きく上下する。はっ、はっ、と何度も荒い息を吐き、頭の先から通り抜けた快楽に身を任せる。桂英が体を起こしてきて、ちゅっと音を立ててくちづけてくる。

「……不味《まず》いだろう」

「そんなわけないだろう?」

莉星がつぶやいた言葉に、桂英が声をあげた。

「不味くなんか、ない」

「おまえ、おかしい」

そうつぶやくと、桂英は不思議そうな顔をした。その表情が本当に訝しげだったので、つい笑ってしまう。

「不味いもんだ、こういうのは」

「俺は、そう思わなかった」

ふたり、薄闇の中で目を見開く。視線が合って、思わずまた笑ってしまった。

「でも、こういうものだとも思わなかったけど」

「こういうもの?」

思わず尋ねた莉星に、桂英は困ったような顔をする。視線を泳がせて、そしてつぶやいた。

「俺が……おまえを、気持ちよくさせることができるとは、思わなかった」

「それは、俺がまぐわいに慣れているから?」

自虐的に莉星が言うと、桂英はますます困惑の表情を見せた。そんな彼に莉星は笑い、手を伸ばす。指先を、桂英の頬に触れさせる。

「でも、おまえとは初めてだ」

そう言うと彼は、はっとした表情をした。そしてにっこりと微笑む。なにが彼を微笑ませたのかはわからなかったけれど、ぎゅっと抱きしめられてそれはどうでもいいことになった。莉星も腕をまわして、彼に縋りつく。

「……やっぱり、不味い」

再びくちづけられて、流れ込んできた唾液とともに伝わってきた味に眉をひそめる。すると桂英が、くすくすと笑った。彼の舌が唇を舐めてきて、なおも味は残っていたけれどその柔らかさと温かさにどうでもよくなる。

唇を重ねたまま、名を呼ばれる。その振動が敏感な肌に伝わってきて、莉星はふるりと震えた。重なってくる体の体温が、重みが、心地よくてまたわななく。そんな莉星をしっかりと抱きしめたまま、くちづけは続いた。

「あ、……、っ、や……、っ……」

抱きしめられているのは心地いい、しかしもどかしくもあった。いったん放って火のついた体は、もっと濃厚な交わりを求めている。まだまとっているままの袍の下を、再び勃ちあがり始めている自身を、そして疼く双丘の間を愛撫してもらいたい。

「桂英……、っ、……」

そう望む相手は、桂英以外ではあり得なかった。莉星は体を揺らす。のしかかる彼の体に、熱い肌を擦りつけた。

「は、やく……、……」

同様に、熱い吐息とともにそうささやく。ふたりの呼気が絡み合って、桂英が小さく笑うのが伝わってきた。

「おまえに、余裕がないのは面白いな」

「そ、んな……こと、言ってないで」

焦燥した莉星の唇に再びくちづけが押しつけられて、そのまま桂英の柔らかい部分は口もとへとすべる。ちゅ、ちゅくと甘い音を立てながら顎を、首筋を唇が辿った。

「ん、……、っ、……」

ふるり、と莉星は体を震う。首の感じる部分を強く吸われて、ぞくりと感じさせられた。

そこに莉星が反応したことに気がついたのか、何度も唇が吸いついてきて、体中にわななきが走る。

「……ぃ、あ……、ぅ、……っ……」

莉星の体が、大きく震えた。袍の襟に指がかかって開けられ、冷たい空気が入り込んでくる。鎖骨を辿った指は何度もすべって、その刺激は徐々に性感へと変わっていく。

「桂英……、っ、……」

まるで、彼にもてあそばれているかのようだ。くちづけにも戸惑っていた桂英が、これほど巧みな指使いを見せるとは思わなくて、それにより、感じさせられている。

「っ、あ……、っ、……、っ」

指がなぞった痕に、唇が這う。また音を立てて吸われ、そこからも性感が伝わってくる。ぞくぞくと震える体を、手のひらがなぞってくる。袍の上から手が這い、広げた襟もとに入り込んできた。ぐいと引き開けられて、すると硬くなった胸の尖りが外気に触れる。

「ひ、ぁ……、っ、……」

「ここ、感じている」

桂英がささやいて、そしてざらりと熱い舌がすべった。

「……っあ、あ……ああ、……」

腰の奥にまで、衝撃が伝い来る。そこを愛撫される感覚を、桂英は知っているのだろうか。

どうしようもなくわななないて、貫かれる快感に耐えがたくなる衝動に彼は気づいているのだろうか。

尖ったそこを、何度も舐められる。もう片方には指がかかり、きゅっと抓まれた。どくりと下肢を走ったものに体が反応し、舌を這わせていた尖りを、桂英が唇で挟む。

「や、ぁ……、っ、……、っ……！」

「こんなところでも、感じるんだな」

舌を使いながら桂英はつぶやく。彼の声もが肌に響いて、莉星は声をあげる。その体を押さえつけたまま、なおも彼は舌を、唇を使った。そのような小さな部分を愛撫されているだけなのに、体中に走る衝撃がある。

それを知らないとは言わないけれど、しかしこの快感を、桂英に与えられることになるとは思ってもみなかった。そのことが莉星をますます感じさせている。性感を、より鋭くさせている。

「こんな……、ふうに。おまえが、感じてくれるなんて」

「ふぁ……、っ、……、っ……」

彼の声が、肌に響く。唾液で濡れたところに吐息がかかり、それにも感じた。満足を吐き出したような桂英の声にも反応することができない。反応できないまま、莉星は何度も身を震わせる。

「や……もう、……そ、こ……」

「どうして？　おまえ……こんなに反応しているのに」

桂英は、目線だけをあげて莉星を見た。ついそれをとらえてしまい、濡れた紫色の瞳にどきりとする。

「もっと、見せてくれ……？　おまえの、艶めかしい姿を見たい」

「っあ、あ……、ん、ん、……っ……」

強く力を込めて、吸いあげられた。莉星は掠れた声をあげ、大きく身を仰け反らせる。

「や、ぁ……、っ、……！」

「ここが、ますます尖ってきた」

彼の指が、乳首をなぞる。両方を抓み、転がしてはつぶされ、それにますます感じて声が洩れる。

「もっと……見せて。聞かせてくれるんだろう？　おまえの……色っぽいところ」

「いぁ、あ……、っ、……、っ」

ちゅくりと音を立てて吸われ、総身がわななく。いったんは放った欲望が再び力を得ているけれど、それを桂英に知られるのは恥ずかしいと思った。そのようなこと、今まで思ったことはなかったのに。

「も……、もう、……や、だ……、っ……」

「こんなに、感じているのに？」

まるでそこへの愛撫だけで莉星を追いあげようというように、桂英の舌と唇、そして歯は執拗だった。軽く咬まれるとひくんと肌が反応する。腰が跳ねて、欲望には熱が集まっていく。

「こんなに、なるんだな……ものすごく色っぽい……」

「そ、んなこと……、言、わ……、な……」

莉星の咽喉がわななく。そこをもてあそぶように愛撫し続ける桂英を、押しのけたいと手を伸ばした。しかし与えられる快楽に力の入らない体では、そのようなことはできなくて、ただ彼の肩に触れただけになってしまった。

「いぁ……、っ、ああ、あ……あ！」

「莉星」

ささやく声とともに吸い立てられて、莉星の五感が反応する。体の芯から熱くなって、溢れる欲情は指先にまで流れ込む。かあっと熱を持った体の反応を抑えることができなくて、莉星は声をあげた。

「や……、……桂、英。もう……そんな、ことばか……り……」

「おまえだって、悦んでいるだろう？」

桂英は、意地の悪い声でそう言った。莉星は目を見開いて彼を見る。桂英は目を細めていて、兄がそのような表情をするなんて思いもしなかった。同時に、見たことのないそんな顔つきに迫りあがるような欲情を感じて、また体の奥から高まっていく。

「ここ、も……」

「いぁ……ああ、あ！」

桂英の手は、莉星の下肢にすべった。ざらりとした手のひらが自身に触れる。根もとをぐいと摑まれて、その乱暴な愛撫に莉星は目を見開く。

「や……、っ、……、っ……」

「痛くするつもりはない」

掠れた声で、桂英が言う
「ただ……、そう簡単に達ってしまっては、つまらないだろう？」

彼は舌なめずりをした。それがまるで獲物をとらえた肉食獣のようで、莉星をぞくぞくと感じさせる。

「おまえの姿を、もっと見せろ。俺に感じて、震えるところを」

「桂英……、ッ……」

はっ、と掠れた声が洩れる。無理やりに押しとどめられた熱の奔流は、出口を失ったことでますます温度をあげて莉星を追い立てる。

「や……、っ、……、や、ぁ……っ、……」

「味わわせてくれるんだろう？　おまえの体を……おまえ、を」

震えるささやきに、莉星はごくりと唾を呑む。目が合った彼は熱っぽい視線で莉星を見つめていて、それにもまた体の熱があがる。

「もっともっと、深くまで……」

「ひぁ……、っ、……、っ……！」

欲望を、手のひらで扱かれる。根もとから先端までを擦られ、どくりと根幹がうごめくものの、そのまま力を込められる。まるで首を絞められたかのように息までが止まり、するとかっと迫りあがる感覚が鋭くなった。

唇が、胸の形をなぞる。そのままゆっくりとすべり下り、肋《あばら》の浮いたところを辿る。くすぐったいような、性感を煽られるような奇妙な感覚。それは肌に直接響き、さっと粟立つ。そこを桂英の舌がなぞっていく。

「やぁ、あ……、っ、……、っ……」

彼は、そのまま莉星の体を味わった。緩くなっていた袍の帯をほどき、前を開く。もうひとつの手が腹を這った。くぼみに指先が引っかかり、莉星の咽喉から喘ぎが洩れる。

「ここも、感じるか？」

楽しそうに桂英が言った。彼の舌は腹筋の間をなぞり、先ほど触れられて感じた臍《へそ》の縁に至る。

「ここ、……触れたら、震える」

「だ……め、……、っ……」

莉星は手を伸ばして、桂英を止めようとした。しかし手は彼の髪に触れただけだ。指先に絡んだ髪を反射的に引っ張って、すると桂英が微かに呻いた。

「やる、な……」

「や……、なん、じゃ……、っ……」

そんな莉星の嬌声に、桂英は感じる部分を舐めることで応えた。舌が濡れた音を立てるのさえ、耳に新たな刺激となる。ぞくぞくと背を抜けていく感覚に耐えれば耐えるほど、性感は高まる。しかし先ほどのように易々とは達かせてもらえなくて、熱は体中を駆け巡るばかりだ。

「おまえに髪を引っ張られるなんて、子供のとき以来だ」

「だから、そんなん、じゃ……、なく、て……」

莉星は体を震わせる。これほど感じるのは、自分自身信じられない。肌は粟立ち奥はわななき、このような熱を感じたのは初めてだ。

「は、ぁ……、っ、……っ」

吐く息までもが色めいている。自分の声など意識したことはなかった。己の嬌声など聞きたくないと思うのに、それがやたらに耳につく。このように甲高い声が溢れるのはなぜなのか。桂英に抱かれているからなのか。思いもしなかったことに感覚が驚いて、鋭敏になっているのか。

「……っ、や……、っ、……！」

桂英の舌が、根もとを押さえられた欲望に触れる。それに大きく腰を震わせたものの、彼の手は離れない。そのまま擦りあげ、撫で下ろしてまた擦る。その痕を、桂英の舌が這った。

「いぁ、あ……、っ、……」

「さっきよりも、大きくなっている」

嬉しそうに桂英は言って、また舌をすべらせた。張りつめて今にも達しそうなそこを舐められるのは、たまらない苦痛と快感が伴う。両極端な双方の感覚に苛まれて莉星は喘ぎ、そんな彼を追いつめるように桂英の舌が動く。

「もっと……、見せて。見たことのない、おまえの姿……」

「や……、っ、……、ぁ、あ……、っ……！」

桂英の舌はすべって、ひくひくと震えている蜜嚢に這う。そこを、舌先を使って丹念に舐められるのは思いもしなかった快楽で、同時に幹を擦りあげられて莉星は身を捩る。

「……ぅ、や……だ、……んな、ところ……っ」

「でも、感じているだろう？」

うたうように桂英は言って、音を立てて蜜嚢にくちづけた。それが身を貫く感覚となって、莉星はひくひくと下半身を震わせる。

「も……、出、……、っ、……」

声を掠れさせて、喘いだ。そんな莉星の反応には気づいていないとでもいうように、桂英はなおも柔らかい部分への愛撫をやめない。体中を走る、血液の温度が高くなってくる。指先がわななく。足が大きく反って、小刻みな痙攣を繰り返す。

「や、ぁ……、っ、……、っ……！」

桂英の手の力が緩んだ。張りつめていた莉星の性感は、その隙を縫うように大きく跳ねた。どくり、と自身が反応する。行き場をなくしていた欲望が、破裂する。

「……っ、……、っ……あ……」

淫液が解き放たれる。はぁ、はぁと荒い息を何度も吐いた。同時に放ったばかりの幹を舐めあげられ、先端を含まれた。きゅうと吸われると、吐き出しきれなかった白濁が小刻みに流れ出た。

「汚れた、な」

どこか楽しそうに、桂英が言う。じゅくりと音がして、欲液を啜られたのだということがわかる。それにぞくりと身を震わせた。それを見て小さく笑った桂英が、身を痙攣させている莉星をさらに追い立てるように舌を這わせてきたのが感じ取れる。

「も……、桂英……、っ……」

「俺のことは、放っておく気か？」

彼は言って、身を起こした。袍の前を開いた乱れた姿の莉星に身を寄せて、その手を引っ張る。彼の褲子の上をなぞらされて、手に伝わってくる熱にどきりとした。

「悪いな……、どうすればおまえがもっと悦ぶのか、わからないんだ」

先ほどの楽しげな調子とは裏腹に、桂英は困ったようにそう言う。兄は、男を抱いたことがないのだ。そのことが莉星に体の奥から湧きあがる悦びを感じさせる。

「桂英」

ささやく声で、彼を呼んだ。妲己と呼ばれるこの身を疎んじていたけれど、今ばかりは彼に教えられることがあることを嬉しいと思った。桂英を導くことができるのは自分だけだと、莉星もゆっくりと身を起こす。

「ん、……、っ、……」

ふたり、臥台の上でくちづけた。まるで初めて唇を交わしたかのように、くちづけは恐る恐る重なる。薄闇の中、互いの姿が今さらながらに知らないもののように映る。

「桂、英」

唇を重ねたままささやいて、そっと彼の衣服を辿る。袍の襟もとに触れて、震える指で釦を外した。現れた肌に指を這わせると、先ほどまでの淫らな攻めなど嘘であったかのように桂英は震え、せめてもの抵抗のように莉星の同じ場所に指をすべらせてくる。

「ん、……、ぅ、……」

なおも粟立ったままの体への感覚に、莉星は身を痙攣させた。それでも指を辿らせて、桂英の体に這わせる。

袍の前をすっかり広げ、現れた体を指先で、手のひらで、そして唇でなぞった。唇の濡れた部分が触れるごとに桂英が微かに声をあげ、それにたまらない悦びを感じながら、なおも莉星は愛撫を続ける。

「……っ、……、んっ……」

莉星の手が袍の下にすべり込んで帯に絡み、その結び目をほどいたとき桂英が掠れた声を洩らした。それにぞくぞくと感じさせられながら、彼の褲子を引き下ろす。

現れたのは勃起した彼自身で、薄闇の中ははっきりとは見えないながらに莉星の昂奮は高まり、その先端に指を這わせた。

「桂英も……、濡れてる。すごく」

そうささやくと、彼が赤くなったような気がした。そんな桂英が愛おしくて、莉星はぞくぞくと身を震わせる。そのまま顔を伏せ、彼の欲望に唇を寄せた。

「……ん、っ……」

微かに洩れた声は、どちらのものか。莉星は濡れた先端を舐めあげ、溢れ出る欲液を指先に絡ませた。

「っ、ん、……、っ、……」

指にまとわりついた粘液を、彼自身の根もとに塗りつける。そうやって指をすべらせ、摩擦による刺激を強くする。

「……っ、……、っん、……」

湧きあがる性感に押されるように、莉星は舌を使った。硬く勃ちあがった桂英自身に絡ませ、ざらついた表面で擦る。溢れる透明な欲液を啜りながら、根もとに沿わせた自分の指を動かした。

「ん、ん……、っ、……ぅ」

そこに、舌を這わせている桂英の欲望が突き込まれる。そう思うだけで、体の芯がぞくぞくとした。身の奥が疼く。莉星は、下半身を揺らめかせた。

「桂、英……」

舐めあげるそれは、ますます力を増していく。伝わってくる硬さに頬を擦りつけながら舌を使うと、欲望がどくりと強さを増す。ますます欲情させられて、蜜孔に受け挿れたいと欲情が高まる。ひくひくと、蕾《つぼみ》が震える。

「あ、……、こ、こ……」

思わず声が洩れた瞬間、はっとする。彼と繋がってはいけない――兄を不慮の死に陥れたくはない。掠れた熱い吐息を洩らす桂英は、莉星の髪に手をやる。

「っあ、あ……、っ……」

　そっと撫でられて、また体に走るものがあった。体の芯までを震わせながら莉星は、反射的に逆らえない甘えた声を洩らす。

「れ、て……、っ……」

　嬌声は崩れて、うまく形にならなかった。桂英が、戸惑ったように聞き返す。莉星はひとつ、動物のように身を震って上体を起こした。

「挿れて……」

　自分の言葉に煽られながらそうささやき、彼の唇を奪った。そうするべきではないとわかっていて、口に出さずにはいられない。

　桂英は少し眉根を寄せ、それが自身の淫液を味わう不愉快さゆえなのかと思うと、自然に笑いが溢れ出る。

「桂英の……、挿れて……」

　耐えきれず、甘えた声でそうささやいた。彼はなおも惑っている。そんな彼の唇をより深く味わいながら、莉星はその膝を跨《また》いだ。

　ふたりの欲望が触れ合って、その感覚にぞくぞくとするものが走る。桂英の欲望を片手で握り、ともに擦りあげ、その硬さに痺れるような快感を覚えながらなおも声をあげる。

「あ、……、ね、が……、っ、……」

それこそが、莉星の願いだった。ほかの誰でもない、兄の桂英こそが莉星の求める相手であり、奥深くまで受け挿れ乱され、抱かれたい相手だった。

「桂、英……っ……」

そう言ってはっとした。桂英を死に追いやりたくなどない。

莉星は掠れた呻きとともに桂英を突き放した。

「そうだな」

桂英は呻くようにそうささやいて、熱い息を莉星の耳に吐きかけた。

「おまえを抱いては……俺は、おまえを犯した男たちと同じ、ただのけだものになる」

はっ、と莉星は目を見開いた。情欲だけにとらわれていた意識が、ふいに明瞭《めいりよう》になる。

「同じにはなりたくない……、俺は、おまえの……兄、だ」

「や、ぁ……、桂英、……、っ……！」

「莉星」

重なった唇越しに桂英はつぶやいて、その声音で莉星を震わせた。彼は兄に強く抱きついて、するとふたりの欲望に触れた莉星の手に、桂英のそれが重なった。手のひらで擦りあげられて目の前が混濁し、婀娜めいた悲鳴があがる。

「っあ、あ……、ああ、あ」

「感じるのか……、莉星？」

懸念するように、桂英が尋ねてくる。微かにうなずきながら、莉星は彼の体に縋りついた。するとと密着した腹部で自身を擦られて、それもまた刺激になる。

「気持ちいいと、言ってみろ」

乱れた口調で、桂英が言う。ほかの男と同じになりたくないと言った声とは裏腹に掠れていて、莉星を乱れさせる。

「俺にこうされて……心地いい、と」

「あ、あ……、っ、あっ、……」

揺すりあげられて、莉星は悲鳴をあげた。全身が痙攣する。莉星が身をわななかせると桂英も荒い息を吐き、擦れ合う体が快楽を生んでいるのだと嬉しくなる。

「桂英、……、桂、英……っ……」

彼が手を動かすごとに、体の奥の炎が大きく燃えあがった。それに耐えがたく目の前の体に抱きつくと、強く抱き返された。

彼の腕の力は痛いほどで、その感覚が嬉しい。歓喜の声は嬌声となって、莉星は甲高い声をあげて刺激に堪える。

「や、……、だめ……、っ、……っ」

莉星の言葉とともに、桂英がじゅくじゅくと濡れた手を動かした。粘ついた音はふたりの淫液が混ざる音で、同じ快楽を共有しているのだということがますます体に火をつける。

「っ、あ……あ、あ……、っ！」

まるで突かれるようなずんとした衝撃があって、莉星は大きく背を反らせた。同時に腹で擦られていた自身が弾けるのを感じる。背中を突き抜ける衝動があって、大きく見開いた目の前が真っ白になった。

「や、ぁ……、っ、……、っ、……あ」

熱を放ちながら、身を震わせる。さらに追いあげるような擦りあげがあった。縋りついた桂英の背に爪を立てて堪えても、全身を駆け抜ける快感は止まらない。

「いぁ、ああ……、や、」

莉星は、声を嗄らす。

「……、っ、……い、じょ……っ」

「ここ、か……？」

「や、……、っ、……だ、め……、もう……」

ふるり、と大きく背を震わせる。体中が熱くて、高すぎる熱は指先にまで伝わっていって、耐えがたいと莉星は何度も声をあげる。

「達く……、ま、た……、っ、……」

迫りあがる快楽は下腹部の深いところから湧きあがり、指先にまで流れ込む情動は放出を伴わない。そのぶん熱が体の中に籠もって、焼き尽くされるような耐えがたいまでの快楽となる。

「莉星……俺、も」

桂英が、耳もとでささやく。

「おまえが、あんまりにも色っぽいから……我慢、できない」

乱れた声音で名をささやかれて、淫らなことを聞かされることが莉星をますます追いあげた。抱きしめられて擦りあげられて、体の熱は高まっていく。身のうちが燃えあがって、もう息もできない。

「あっ、……ま、だ……、っ、……」

達する寸前のこの快楽を、もっと味わっていたい。同時に、早く絶頂を迎えたい。相反する感情が脳裏を駆け巡り、思考までがかき乱される。

「も……う、……、っ……」

自分でも、なにを言っているのかもうわからなかった。ただ桂英の体に縋りつき、喘ぎ、わななき、切れ目のない快感に身を委ねる。

桂英が、耳もとで名をささやく。同時に根もとから強く擦りあげられ、すると痺れるような愉悦が響いて、莉星の声は途切れ掠れた。

「っ、あ……、っ……ああ、あ……!」

「……莉星」

手の中で弾けるものがある。その熱に押されて、莉星は達した。目の前が塗りつぶされたように見えなくなって、意識が混濁していく。自分の身を支えていることもできなくて、そんな体を抱きしめていてくれるのは誰なのか。感じるところに触れて、なお治まらない快楽を与えてくれるのは誰なのか。

「あ、……、っ……、っ……」

名を呼びかけてくる声は掠れていて、あまりにも艶めかしい。それに大きく背を震わせる莉星は、続く言葉にうっとりと身を委ねる。

「愛している」

桂英は、まるでその言葉を、声音を覚え込ませるようにつぶやいた。

「愛している……ずっと、おまえだけを」

それは妙《たえ》なる音楽のように耳に響いて、莉星を酔わせた。微かな声でそれに答えたつもりだったけれど、伝わっていたかどうかはわからない。

「俺、も……」

逞しい腕に包まれたまま、莉星はささやいた。抱きしめてくる力が強くなったことに、息が洩れる。このまま永遠に、彼の腕に抱かれていたい。そんな願いとともに、莉星はそっと目を閉じた。

第五章　永遠の想い

桂英は、皐桛に招かれてこの歃血城にやってきたと、聞いた。

「おまえが、行方《ゆくえ》不明になって」

彼の顔が、薄闇にぼんやりと浮かびあがる。闇には慣れたとはいえ、やはり桂英の顔をはっきりと見ると安心する。

「書簡が投げ込まれたんだ。おまえは歃血城にいる。それを信用していいものかどうかはわからなかったけれど、ほかに手がかりもなくて」

そして彼は攫われたのだろう。まだほのかに赤い目もと口もとが、それを物語っている。

「来て、くれたんだな」

ため息とともに、莉星は言った。この部屋に押し込められてから灯りをつけるという方向に頭がまわらなかったらしい桂英だけれど、どうにか部屋の隅から熾火《おきび》の残っている角灯《かくとう》を見つけ出したのだ。

「来てくれたのが、おまえでよかった」

「それは……」

桂英は口ごもった。なにも言わずに莉星を見た彼が、なにを言い淀んだのか今なら理解できる。莉星は桂英に微笑みかけ、彼は恥じらうように視線をうつむけた。

「皐槲は、なぜこのようなことをするんだ？」

「そんなこと、わからない……」

莉星は、ゆっくりとそう言った。

「この城には、攫われた無数の人間がとらえられている。生き血を絞るためにとらわれたとされるその数は、百とも千とも言われているようだ。それだけの人間を生かしていく、そしてこのような地下城を維持していく資金……」

「あの男が、皇帝陛下の血続きとやらなら、可能かもしれないけれどな」

静かな部屋に、炎の燃える音だけが響く。言葉の代わりに桂英は手を伸ばしてきて、そっと莉星の手を摑む。その手を、握り返した。

「扉は？」

「何度も試したけれど、開かない」

悔しそうに、桂英は言った。

「閉じ込められたことに、気づかなかった」

それが気を失った莉星を気遣ってのことだと思うと、かえって嬉しかった。握った手に力を込めると、桂英は苦笑してまた手を握ってくれる。

「思えば、わざわざ投げ文までしておまえの居場所を告げてきたのも、罠だったのに。迂闊《うかつ》に攫われるくらいなら、もっと手際よくおまえを連れ出せればよかった……」

でも、と口を挟もうとして、莉星は思いとどまる。桂英と想いが通じ合う前の自分なら、いくら桂英の手際がよくても一緒に歃血城から逃げ出そうとは思わなかっただろう。

ここには、莉星の居場所があった。今だって、いくら桂英が手を取ってくれているとはいえ、莉星の『妲己』がなりを潜《ひそ》めたのかどうかわからない。

妲己を抱いた者は、不審な死を遂げる。莉星が聞くかぎり、ろくな運命を辿った者はいない。しかし顔も覚えていない者もたくさんいた。男たちが皆揃って死に至ったかどうかなど、莉星の知るところではなかった。

「……桂英」

そっと、考え込んでいる桂英を見やる。彼は、莉星が妲己と呼ばれていることを知っている。そのことが、にわかに疎ましくなった。知られてもよかった――むしろ知られるように仕向けたのは莉星自身だ。そうやって桂英に嫌悪されれば、思いきれる。そう考えていた。

兄を呼ぼうとして、口ごもった。桂英はああ言ってくれたけれど、『妲己』である自分はやはり厭《いと》われているだろう。それに仮に莉星の願いが叶えば、桂英もともに不可解な死の道にいざなわれる。そんな運命を、桂英に辿らせるわけにはいかなかった。

「莉星、扉を突き破ろう」

桂英は、顔をあげてそう言った。いきなりの彼の提案に、莉星は目を見開いた。

「俺たち、ふたりでやればできるかもしれない。俺たちを閉じ込めてどうするつもりなのかは知らないけど……扉は木製だ。体当たりをすれば、あるいは」

「わかった」

考えていたことを振り払い、莉星はうなずく。桂英はそんな弟に向かって微笑みかけると、立ちあがる。莉星もそれに倣った。

桂英が、灯りを扉の近くに置く。見れば、鍵穴はない。

「たぶん、表から閂《かんぬき》を差しているんだ」

灯りを頼りに、莉星が扉を見やったことに気づいたらしい桂英が言った。

「ふたりで体当たりをすれば、破れるんじゃないかと思うんだ。やってみたが……ひとりじゃ無理だったけれど」

ふたりで、という言葉が嬉しかった。莉星は微笑み、ふたり目を見合わせて同時に肩を扉にぶつけた。

なにか、重いものの衝撃があった。最初はふたりの肩が痛くなっただけだったけれど、二度、三度と体当たりをするうちに、みし、ぎし、となにかが壊れるような音が聞こえ始めた。

「やっぱり、閂だったのかな」

「たぶんな。鍵穴もないんじゃ、それ以外考えられないし」

肩をさすりながら、桂英が言う。莉星が彼の肩に手をやろうとする前に、桂英がこちらに手を伸ばしてきた。

「痛くないか？」

「俺は、平気だ」

気丈を装ってそう言うと、桂英は心配そうな顔をした。そんな彼に本当に平気であることを笑みで示し、莉星は再び扉に向かう。

それから何度、扉に体当たりをしたか。微かに響いていた破壊音が大きくなる。このたび扉にぶつかったときには、間違いなくはっきりと聞こえた。そしてもう一度と、扉に突進したとき。

「う、わっ！」

ふたりは同時に声をあげた。ばき、ばきと音が響き、木の扉が向こう側に倒れたのだ。

「こわ、れた……？」

房間の中に、ぱっと明かりが射し込んでくる。その眩しさに目がちかちかした。何度かまばたきをして目を開く。射し込んでくる光は、しかし太陽の明るさではない。どこか人工的な色を感じた。

「出られる……？」

「行こう」

桂英が、莉星の手を取る。強い力でぎゅっと握られて戸惑ったものの、彼はすぐにそれを引っ張った。

回廊は狭く、全力で駆けるというわけにはいかなかった。そしてすぐに暗くなった。

「桂英……、どっちに行けばいいのか、わかるのか?」

「わからない」

莉星は耳を澄ませた。どこからか、人の声らしいものがする。それは右手から聞こえるように思った。

「たぶん、こっちは行けない。……こっちだ」

今度は莉星が、桂英の手を取る番だ。彼の手を握って、人の声が聞こえない方向へ向かった。しかしそちらに行くと、また新たな声がする。その方向を避けると、別の声が。ふたりの行く手はどんどんと狭まり、やがて迷い込んだのは、階段を下りたところにある刳《く》り貫《ぬ》かれたような半円の広間だった。

「なんだ……、ここ」

桂英が、息を呑んだ。莉星も固唾を呑む思いだった。いやな予感が、総身を貫く。

とっさにまわりを見まわしたけれど、行く手にあるのは煉瓦作りの扉だけだった。しかしそこに飛び込んでいくのは、あまりにも危険が大きすぎる。

「……わ、っ!」

思わず莉星は叫ぶ。目の前の扉が、ぎぎ、と音を立てて開いたのだ。中から、人が倒れ込んできた。

「な、に……」

ふたりは、息を呑む。それは男の裸体だった。年のころは莉星たちよりも少し上。長い黒髪がほどけていて、ばさりと床に広がった。どうやら、気を失っているようだ。

反射的に男に駆け寄りながら、莉星は顔をあげた。刳り貫いた洞のような房間は、むっとしたような人いきれで満ちていた。

「こ、こ……、……」

思わず、目を見開く。無数の、男と女たち。衣をまとっている者もあれば、一糸まとわぬ者もある。髪を結い釵《かんざし》を差した者、振り乱した者、さまざまな者たちがいたけれど、彼らに共通するのは、互いに身を絡ませ合い交ざり合っていたということだ。

「な、に……、っ、……」

抱きしめ合い唇を合わせ、体を繋ぎ合い。彼らのあげる嬌声と、濡れた接合部分が立てる水音。幾人いるかわからないその光景に、恥じらいよりもただ圧倒されるしかなかった。

その中、ひとり立ちあがってこちらに歩いてきた者がある。彼は白い布を体に巻きつけるようにまとっている。奇妙な恰好《かっこう》だけれど、それが彼にはふさわしいと思った。

「私の、妲己」

そして、聞こえた声。人々のあげる嬌声の中、その低い声が鮮やかに響いたのはなぜか。

莉星はびくりと身を震わせ、桂英の手をぎゅっと摑む。彼も、まるで力を与えるかのように握り返してきた。

「また、犠牲者を増やしたか？　私の妲己。ますます、うつくしくなって」

「皐嫲……」

輝く金色の髪に、磨かれた宝石のような赤い瞳。名工が刻んだ、芸術品のような相貌。見る者を圧倒する迫力で、彼はそこに立っている。

「その相手は、おまえの兄だと見たが。おまえは、兄を奈落に堕としても平気なのだな」

まるで常識人のようなことを、皐嫲は言った。莉星は繋いだ手に力を込め、伝わってくる桂英の体温にふるりと身を震わせる。

「そんな、おまえらしくもないことを」

皐嫲は、その形のいい唇を吊りあげた。弧を描いたそれは笑みの形だったかもしれないけれど、莉星にはそうは見えなかった。

「……おまえは、人々を集めて生き血を絞っているのだと聞いた」

莉星の言葉に、皐嫲は笑う。楽しげな、いかにも楽しいことを聞いたという調子だ。

「それはそれで、愉快だろうが」

皐嫲の足もとに、縋りついてきた者がある。女は、濡れた瞳を皐嫲に向けた。彼は腰をかがめて女にくちづけてやり、すると女は悦びの色をその表情に乗せる。

「ここは、おまえのような男や女が集まっている。まぐわいなしでは生きていけない者……それだけを悦びとしている者。おまえも、ここにいれば生きていくことも容易《たやす》いぞ？」

「……どうせ、薬でも使っているんだろう」

交わる男たち、女たちは、いちように虚《うつ》ろな目をしている。自分もまぐわいのときにはこのような表情をするのかと、ぞくりとした感覚が身を走る。

「阿片《アヘン》でも使っているんじゃないのか？　おまえに都合のいい人間が、これほど集まるわけがない」

皐嫌は、それには答えなかった。ただ唇の端を持ちあげたまま、莉星を見ているだけだ。

「おまえのためを、思っているのだ」

やはり、まるで常の人のようなことを皐嫌は言った。

「おまえは、兄をも妲己の操る運命の糸に絡ませたいのか？　兄の、不審な死を望むのか？」

「……れ、は……」

繋いだ手に、力が籠もる。はっとそちらを見やると、桂英が一歩踏み出してくる。彼は袂を探りながら、強い視線で皐嫌を見た。

「俺は、そのようなことは信じていない」

その言葉に、莉星は救われる思いだった。桂英が信じてくれている。それだけで、このまま死んでもいいと思った。

「もしそのつまらない所伝が本当ならば、おまえは死んでいるはずだ」

「まぁ、そうだな」

皐㷔は、こともなげに言った。

「しかし私は、おまえたちとは違う。おまえたちの常識は、私の常識ではない」

「不思議はない」

莉星は、憎々しげにそう言った。皐㷔は、ますます笑みを濃くする。

「それでも……人間ではないということは、ない！」

桂英が、なにかを投げた。それがなんなのか莉星には見て取ることができない。大きな爆発音がし、その場はたちまち、もくもくとあがる煙でいっぱいになった。

「な、んだ……、これは！」

「皐㷔さま！」

煙が濃いので、目が利かない。莉星はごほごほと咳き込みながら、ぎゅっと手を引っ張ってくる桂英の手の力に従った。

「桂英……、っ……」

「早く、ここから走るんだ！」

桂英の叫びに、莉星はうなずいた。莉星も、このような場所にいつまでもいたくはない。

ふたりはきびすを返す。しかし変わらずあがる煙の中、足もとはおぼつかない。方向に迷って、顔をあげた。

「皐嫌……」

煙の中、立っていたのは皐嫌だ。これほど濃い煙でも、彼の姿ははっきりと見えた。その真紅の瞳さえ輝いて見える中、彼の整った唇が動く。

「莉星。わたしは、おまえを諦《あきら》めない」

声までは聞こえなかった。しかし彼がそう言ったように感じられて、思わず桂英の手を握りしめる。掴む力は桂英のほうが強くて、莉星は彼に引き寄せられた。皐嫌の姿が、煙の中に消えていく。

「桂英、どこに行くんだ！」

「この煙が、逃げる場所があるはずだ」

声を荒らげながらも、桂英は冷静に言った。

「そこが、この地下の空気の出入りする場所。そこを辿れば、屋外に出られる！」

煙の流れに従って、走った。少し煙の薄くなったところがあって、上を見ると竹格子がはまっている。

桂英が手を引っ張ってきて、莉星はうなずく。岩を積み重ねて作った壁をよじ登り、竹格子を力いっぱい押すと、閉じ込められていた部屋の扉を体当たりで開けたときのような破壊音がして、開いた。

「出るぞ！」

ふたり、岩壁の隙間に指とつま先をかけて登った。莉星が先に行き、手がかりを失って落ちそうになると、桂英が支えてくれる。

なおも煙に巻かれながら、ふたりが顔を出したのは、暗い森の中だった。手をついた下草が夜露に冷たい。地面を踏みながら莉星は身震いをし、同時に桂英が登ってきた。

「大丈夫か、莉星」

「あ、……、うん」

ふたりは、地面の上に立つ。抜け出してきた穴からはまだ煙が、たなびくようにあがっている。

「桂英……なんだったんだ、あれは」

「ああ」

桂英は、自分がなにをしたのか忘れていたようだ。彼は、衣の袂に手をやった。取り出したのは、黒く丸い容《い》れもののようだ。

「発煙剤を入れておいたんだ。本当は小刀だのなんだのも持ち込んだんだが、全部取りあげられてしまった。これだけが見つからずに残っていたの、忘れてた」

「発煙剤……」

莉星は、啞然とするばかりだ。

「桂英……本当に、俺を迎えに来てくれたんだな」

「あたりまえだろうが。ほかになにがあるんだ」

桂英は、莉星を睨むように見やってきた。莉星は微笑み、また桂英の手を取る。

「じゃあ……、この先も、俺の手を離さないでいてくれ」

「あたりまえだ」

手は、しっかりと握られた。その力強さを心地よく感じながら、莉星は広がる森を見やった。

「どっちに行ったらいいんだ？　桂英は、知ってる？」

「ああ、星を見ればわかる」

ふたりは、なおも歩き出した。莉星はこの森のことなど知らなかったけれど、桂英がいるかぎり迷うことはないと思った。

「桂英……」

歩きながら、莉星は彼を呼ぶ。

「ん？」

「俺は、おまえが好きだ……ずっと昔から、これからも」

「そんなこと、俺の台詞《せりふ》だ」

手を握り直しながら、桂英が言う。

「俺が、どれだけおまえのことを見てきたと思う？　おまえは知らない……ずっと、昔から」

「どのくらい？」

莉星が尋ねると、桂英はいたずらめいた顔をした。もどかしいほどに長い時間黙ったまま、彼はなにも言わなかった。

「教えない」

「桂英！」

思わず莉星は、声をあげる。そんな莉星の手を、笑いながら引っ張って。

桂英が走り始めたのに、ついていくので必死だった。質問の答えにも、いつか辿り着けるだろうと思った。

□

莉星のもとに、桂英が訪ねてきた。

それを聞かされた莉星が顔を赤らめたのを、傭人が気づいたはずはなかった。

ややあって現れた桂英は、緑の長袍をまとっていた。その見事な織りの色彩は桂英によく似合っていて、莉星はしばし、彼に見とれた。

「父さまと、母さまが」

その言葉に、桂英は眉根を寄せた。そんな莉星の反応を予期していたとでもいわんばかりに、桂英は顔を覗き込んでくる。

「行きたく、ない」

「それは、わかっているけれどな」

ため息とともに、桂英は言った。

「わかった」

そう桂英が言ったので、莉星は驚いた。

「おまえは元気だと、父さまと母さまに伝えておこう」

「……いいのか？」

彼がそのように言うとは思わなくて、莉星は驚いた。なんだ、と桂英は唇を歪めて言った。

「おまえが行きたくないと言うだろうということは、わかっていた。それとも、首根っこを押さえて連れていってほしいのか？」

「それは、いやだ」

「なら、これでいいだろう？」

桂英は、莉星の隣に座る。傭人が二客の蓋碗を運んできて、桂英はそれを受け取った。

「無理やり連れていこうとは思わないよ」

そう言って、桂英がこめかみに指を添わせてきたので驚いた。莉星が目をぱちくりとさせていると、桂英がいたずらめいた目で莉星を見つめてくる。

「実を言うと、父さまにも、母さまにも……今のおまえを見せたくないんだ」

「桂英……」

彼は、莉星の頰にそっと手を這わせてくる。それが、あの歃血城でふたりきりになったとき、桂英が想いを告げてくれたときのことを思い出させて、莉星はかっと熱くなった。

「父さまや母さまだけじゃない……、誰にも、おまえを見せたくない」

「どう、して……?」

掠れた声で、莉星は尋ねる。桂英は、目を細めて彼を見た。

「おまえが、あまりにもうつくしいからだ」

思わぬ言葉に、莉星は呆然とする。桂英は、まるで秘密を打ち明けた子供のような顔をしている。

「以前から、おまえはうつくしかったが……いや増すようになったのは、なぜだ?」

「そ、んなこと……」

莉星の理解の範囲ではない。思わず何度もまばたきをし、そんな彼の唇を、桂英はじっと見つめた。

「ん、……、っ、……」

思わず、呻きが洩れた。桂英はまるでくちづけしてくるように見つめてきて、居心地悪く莉星は視線を俯ける。

「……っ、……、ん、……」

ややあって、桂英が少し遠のいた。ふたりの体はわかたれて、彼の体温が去っていくのを莉星は惜しく思った。

「ずいぶんと……」

乱れた呼気で、莉星は言った。

「遠慮がなくなったんだな？　こんな桂英は……」

「想像したこと、なかった？」

くすくすと、小さく笑いながら桂英は言った。

「そうだな、こんな俺は……、俺自身、思いもしなかった」

彼の手が、そっと袍の上をすべる。胸に触れられたときにはどきりとした。桂英の愛撫を知っている体が、疼き始めている。

「おまえに対する妄想も……妄想に、過ぎなかった。永遠にそのままで、おまえが応えてくれる日が来るとは思わなかった」

「いつ、から……？」

一度はした問いを、莉星は繰り返した。桂英は何度かまばたきをして、莉星を見る。そしていたずらめいた笑みを浮かべた。

「おまえを、初めて見たときから。そう言っただろう?」

「そんな……こと」

莉星は、笑おうとした。しかし笑いはうまく形にならず、唇を歪めただけになってしまう。

「おまえは?」

桂英は、好奇心いっぱいの表情でそう訊いてきた。

「おまえはどうなんだ。おまえは、いつから……俺を想っていたというんだ」

「そ、れは……」

莉星は、口ごもった。言えるわけがない、と思った。莉星は口を噤み、そんな彼を桂英は促した。

「きっと、おまえの傷に触れることなんだろうな」

にわかに、神妙な顔をして桂英は言った。

「でも、聞いておきたいんだ。ただの好奇心だって言われれば、それまでだけど」

「好奇心でも、構わないんだ」

つぶやくように、莉星は言った。

「ただ……、おまえが、気を悪くするんじゃないかと思って」

「なにを聞かされたって、平気だ」

気丈に、桂英は言う。

「おまえのことなら、なんでも知っておきたいんだ」

思わず、目を見開いた。桂英はじっと、莉星の言葉を待っている。口ごもりながら、莉星は言った。

「……初めて、男を誘ったとき」

桂英は、微かに表情を変えた。しかしそれは莉星を温かく受け入れるもので、莉星は言葉を続ける勇気を得た。

「どうして、この男だったのかと思った。誰でもいいって言えばそれまでだったけど、気づいた……その男は、どこか、桂英に似ていた」

まぐわいのさなかは、夢中で気がつかなかった。しかし熱い時間が過ぎて、ふと男の顔を見やったときそのことに気がついて、愕然としたのだ。

「桂英だったらよかったのに、って思った。そのとき、ああそうなんだって……俺は、桂英を求めているんだって、思って」

「それは、光栄だな」

喜びの中にも、どこかいたずらめいた表情を浮かべて桂英は言った。

「おまえの気持ちを、聞かせてもらえて嬉しい」

「そ、うか……？」

戸惑いながら、莉星は言う。

「おまえ以外の男のことだぞ？　そんなやつに似ているって言われて、嬉しいか？」

「おまえの心が、俺に向いているんだってことが、嬉しい。どんなときでも、俺のことを考えていてくれたってことじゃないか」

そういうことに、なるのだろう。見も知らぬ男に抱かれながら、莉星はその男の中に桂英を探していた。兄に抱かれることなど夢のまた夢と思いながらも、桂英の面影を求め続けていた。

「莉星」

表情を綻《ほころ》ばせたまま、桂英はそっと唇の形をなぞってきた。その唇の感覚を身のうちが震えるほどの快感としてとらえながら、莉星は微かな声で言った。

「俺は、……妲己、だぞ」

そう言うのは、非常な苦痛を伴った。しかしそのことを忘れているかのような桂英には、言わないわけにはいかなかった。

「俺を抱いた男は、不可解な死を迎える。おまえは、奈落の底に落ちても平気なのか」

「そんなこと、俺は信じていない」

いっそすがすがしく、桂英ははっきりと言った。

「言っただろう？　そのようなことは、たまたまだ。確かに死んだ者もあるかもしれないけれど、それはおまえとは関係がない」

「だ、けど……」

「おまえは、妲己どころか……碧霞元君《へきかげんくん》だ」

思わぬことを、桂英は言った。莉星に腕をまわしてくると、ぎゅっと抱きしめる。その心地のいい腕の中にあって、莉星は思わず息を吐く。

「あまねく衆生《しゆじよう》に、恵みをもたらす天の神。俺にとっての、女神だ」

「……桂、英……」

甘い言葉をささやかれるのが恥ずかしくなって、莉星は彼の腕から逃げようとした。しかし彼は逃がしてなどくれず、ますます強く腕の中に抱き込んでしまう。

「俺の、莉星」

莉星の肩に顔を埋め、うっとりとしたような調子で桂英はつぶやいた。

「永遠に、俺のものだ。手に入れたんだ……絶対に、離さない」

「お、まえ……、結婚は、どうなったんだ」

抱きしめられること、桂英の口調が妙に照れくさくて、莉星は早口にそう言った。なにを訊くのか、というように桂英は即答する。

「そんなもの、最初から断ったに決まっている」

触れてくる彼の吐息が心地いい。重なった体の重みが愛おしい。莉星も腕をまわし、桂英の体を抱く。

「でも、おまえ……選択の余地なんかないって。家を継ぐしかないって。そう言っていたじゃないか」

桂英は、小さく笑った。自嘲するような笑みだ。

「そう思っていたこともあった。でも、だからこそ……おまえと離れられないって、思った。だから、みんなに頭を下げて……断った」

どこか、遠いところから鳥の鳴き声が聞こえてくる。

「桂英……」

ささやきかけると、桂英はなんだというように首を振らせた。彼の、紫色の瞳と目が合う。莉星はそっと、その目もとにくちづけた。桂英が少し驚いた顔をしている。その表情が嬉しくて、唇を押し当てた。

「愛している」

もう何度目になるかわからないけれど、それでも言っておきたい言葉が胸の奥にあった。

莉星はもう一度繰り返し、そして桂英の顔が見えないようにぎゅっと彼に抱きついた。

「おまえって、照れ屋なんだな」

腕の中で、桂英が笑っている。

「あんな……、大胆不敵、みたいな感じなのに。こんなことで、照れて」

「いや、か……？」

なおも彼に抱きつきながら、莉星は震える声で訊いた。

「こんな俺は、いやか？」

「いいや、大好きだ」

楽しげな口調で、桂英は言った。

「言っただろう……俺も、愛している。愛しているから、おまえのどんなところもかわいいんだ」

「かわいいとか、言うな……」

彼の首もとに顔を埋めたまま、呻くように桂英は言った。

「おまえだって……かわいいから」

小さな声で、桂英は笑う。

「ああ、俺もかわいいだろう？　おまえのことを、ずっと昔から愛してきて……なにも言えなかった、小人《しょうじん》だからな」

彼は、くすりと笑う。莉星もつられて、笑った。

互いを離さないと、固く抱擁を交わしながら。ふたりはくすくすと笑い続けた。笑い声が風に乗り、どこかからの鳥の声に混じって、妙なる音楽のように響く。

「愛している」

「……、愛して、いる」

胸の奥を互いに告げる言葉をつぶやきながら、ふたりは永遠の意味を噛みしめ合った。

終章　恋の形

妲己と呼ばれた彼を抱くと、不可解な死にかたをするという。

目の前の鏡には、その『妲己』が映っている。本物の妲己はその昔、帝辛《ていしん》に寵愛《ちようあい》され、帝辛は妲己の願いならなんでも叶えたといわれている。酒池肉林という言葉は、彼女の願いによって生まれたという。

そのために国を滅ぼした傾国であった妲己は、男を狂わせる妖女として今に名を残す。

「……、……」

莉星は、なおも鏡を見つめた。妲己というふたつ名を受け入れていたときもあった。しかし今ではただ疎ましいものであり、桂英が手を取ってくれた今となっても莉星を後ろめたく思わせる。

(桂英は、来ない)

指先で、莉星はかつんと鏡を叩いた。

(あのときのことは……やっぱり、気の迷いだったのか?)

そのようなことは、何度も考えた。しかし自分から彼を訪ねる勇気はなく、もちろんほかの男に身を任せることもなく、ただ離れで悶々《もんもん》と過ごす日々は、歃血城から帰ってきてからもう何日続いただろうか。

あのときわけ合った体温は、なんだったのか。最後まで抱き合うことはなくても、互いの愛情を確認し合った行為はなんだったのか。

(……桂英)

その、刹那《せつな》。

とんとん、と扉を叩く音がした。莉星は、はっと鏡台に布をかける。この離れに仕える佣人が「桂英さま」と呼びかけているのが耳に入った。胸が、大きく跳ねる。

「やぁ、莉星」

入ってきた彼は、軽い挨拶とともにそう言った。今までまったく訪ねてこなかったことなど、嘘であったかのようだ。

「……桂英」

今までふたりが顔を合わせるときは、莉星は突っ慳貪な言葉を吐くばかりだった。その気持ちは、今や別のものに変化している。莉星は桂英の訪れを心待ちにしていた。しかし彼の微笑みを前にするのは、緊張する。

「どうした。おかしな顔をして?」

「え、おかしな顔?」

莉星は、思わず自分の頬に手をやった。桂英は長倚子に腰を下ろしていた莉星の横に座ると、じっと顔を覗き込んでくる。

「どう、いう……?」

尋ねると、桂英は笑った。莉星の手の上に手をすべらせてきて、やはり頬に手をやる。手を重ね合わせられたことに莉星は赤くなり、桂英はそんな彼に笑った。

「俺が来るのが、待ちきれなかったって顔だな」

莉星の頬は、ますます熱くなった。桂英はそんな弟の顔を見つめ、そしてこめかみにくちづけを落としてきた。

「……っ、あ!」

「そんな、驚くことじゃないだろう?」

莉星の反応に、桂英のほうが驚いたようだった。ふたりして目を見合わせ、小さく噴き出す。そして唇を合わせると、改めてくちづけをした。

「どうして、今まで……」

そうやって桂英と身を触れ合わせていると、体の奥から迫りあがるものがある。莉星は、桂英には気づかれないように身を震わせたつもりだったけれど、彼にはなにもかもお見通しであるようだ。

「莉星……」

ささやくように、桂英が問いかけてくる。なんのことかと莉星は驚き、その目に潤むような欲情の色が浮かんでいることに気がついた。莉星はたじろぐ。

「あのときは、ああ言ったけれど」

「桂英?」

彼が、なにを言いたいのかわからなかった。語尾をあげる莉星に、桂英は手を伸ばしてくる。

「こうやっておまえを見ていると、我慢ができない」

桂英が、莉星に抱きつく。我慢できない、と言うにしては子供っぽい仕草で莉星は笑ってしまうが、首筋にかかった吐息は熱かった。

「今まで、堪えてきたけれど……やっぱり無理だ」

「ん、……、ッ、……」

そうでなくても感じやすい莉星の体は、くちづけひとつ、抱擁ひとつ、首筋への吐息ひとつでたまらなくなっている。身を捩って桂英の膝に裤子の腰部分を押しつけると、彼はひくりと震える。

「我慢できないって、言ったくせに……」

桂英の耳にそうささやきかけると、その頬が熱くなったように感じられた。自分の頬を擦り寄せ、次いで唇も押しつけると、彼はますます体温を高くした。

「おまえも、俺と……したいんだろう? だから、わざわざ離れ《ここ》にまでやってきたんだ」

「おまえ……！」

潔癖な兄は、声をあげた。

「でも、今さっきは俺を誘ったくせに」

「あ、れは……！」

桂英は、なおもひくひくと口もとを引き攣らせている。そんな彼が愛おしくて、莉星は腕をまわしてその体を抱き込んでしまう。

「俺は、やっぱりおまえに軽蔑されても仕方がない」

その腕に抵抗するように、桂英はもがいた。

「……おまえが、さっきみたいな恥じらう様子を見せるから。あんな、誘うような顔……どこで、覚えた？」

「どこで、って……」

このたび戸惑うのは、莉星のほうだった。もちろん、今まで男たちとまぐわってきた中でに決まっている。しかしそんなことはおくびにも出さない桂英が、嬉しかった。

「俺以外には、見せるな」

それは、彼以外には抱かれるなということか。桂英の腕も、莉星の背にすべる。ぎゅっと抱きしめられる。これが幸せなのかと、莉星は体の奥に沁み込むように、感じていた。

「一度だけ……このたび、だけだ」

呻くように、ささやくように桂英は言った。

「おまえが妲己なんて、俺は信じない。俺じゃおまえを満たせないかもしれないけど、おまえがほかの男に……されるの、は」

その腕の中で莉星はうなずき、彼への抱擁を強くする。

互いに体を抱き合いながら、唇が近づく。最初はそっと重なるだけ、徐々に濡れた部分を触れ合わせ、そして吸い立てる。ちゅくちゅくと艶めいた声があがり、それにぞくぞくと背が震えた。

「ん、ぁ……、っ……」

体を抱きしめる腕に力が籠もり、その温かさ、力強さにだんだんと理性が蕩けていく。ここがどこだとか、誰がやってくるかわからない場所だとか、そういうことが脳裏から消えていく。

「っ……っ、ん……、ん……」

互いの舌が絡んだ。どちらが主導権を取るかと争うように、濡れた音が立つ。舌の表面をなぞり、ざらりと奥まで舐めあげる。上顎の下を舐めると、桂英が微かに声をあげた。感じる部分なのだと何度も舌を這わせていると、彼の舌が裏を舐めてくる。それに、ぞくりとするほどに感じさせられた。

「ん……、っ、や……、っ……」

ふるふると、背を震わせる。そこにも桂英の手が這って、何度も大きく撫でられる。まるで子供をあやすようだと思いながらも、彼の手だと思うとそれもまた心地いい。

「……、桂、英……、っ……」

こうやって、名を呼ぶことができるのも嬉しかった。今までのように人知れずつぶやくのではない、桂英の耳に届く声で彼の名を口にし、それを受け止めてもらえて応えてもらえるのも、また悦びだった。

「抱いて……くれるのか?」

「軽蔑されても、……堪えられない」

目をすがめた桂英の唇が、莉星の口もとをすべる。くちづけが途切れたことは残念だったけれど、その舌が首筋に這い、きゅっと力を込めて吸ってくるのが莉星を感じさせる。ぞくぞくと快感が走り、微かに洩れた声があまりにも色めいていて驚いた。

「艶めかしいな……?」

からかうように、桂英が言う。それにまた肌を熱くして、しかし桂英からは、自分の反応のなにをも隠すことはできない。

桂英の指先は、袍の釦を外す。だんだんと肌が露《あら》わになっていく感覚は慣れたものであるはずなのに、桂英の手によってとなると別だ。羞恥が身のうちから広がっていく。肌が赤く染まっていることに、桂英は気がついているはずだ。

「ここも……赤くて、尖っている」

「や……、っ、……、っ……！」

乳首に、ちゅくりと吸いつかれた。同時に、ぞくぞくと背筋を走るものがある。まだ褲子の中に隠れている自身が、はっきりと反応した。それに勘づかれたくなくて身を捩ると、桂英が莉星の体を押し倒す。

「あ……、っ、い、や……！」

莉星は、とっさに俯《うつぶ》せになった。桂英は、剝き出しになった肩に唇を押しつける。その手は釦の外れた袍を脱がせていき、肩から腕に、肘《ひじ》に、唇がすべっていく。

「っあ、ああ……、っ、……、ん、っ……」

「おまえは、どこでも感じるんだな」

感極まったように、桂英が熱い息を吐く。

「それとも、俺と……俺と、しているからか？　だから、感じるのか？」

「あ、……たり、まえ……」

くちづけられる腕を、ひくりと震わせながら莉星は呻くように言った。

「おまえ、だから……、っ、……」

「そうか」

満足そうに桂英は言って、なおも感じる肌へのくちづけをやめない。ちゅ、ちゅと音を立てながら彼は唇をすべらせていって、莉星の指を口に含む。少し強い力で吸われて、莉星はひくりと体を跳ねさせた。

「いぁ、……、っ、……、っ……！」

そこから、ぞくぞくとしたものが体を貫く。莉星は俯せのまま何度も体を跳ねさせて、そんな彼を容赦なく桂英は追いあげていく。

「ここだけで、達くか……？」

指を舐めあげながら、くぐもった声で桂英は尋ねてくる。

「ここを吸って、……達かせてやれたら」

「い、や……、っ……」

振り返って、莉星は声をあげた。

「いや、だ……、こんな、の……」

「ああ、泣くな」

桂英が、莉星の目もとに唇を落としてくる。ちゅっと涙を吸い取られて、自分が本当に泣きかけていたのだということに気づいた。

「泣いているおまえもうつくしいけれど……、泣いているところを見たいわけじゃない」

そう言って、彼は指への愛撫をほどく。ほっとして、同時に惜しく思った自分を莉星は隠す。

彼の手は、莉星の袍を脱がせる。背中が、ゆっくりと露わになる。桂英は、肩胛骨《けんこうこつ》の形を辿るようにくちづけた。それに、体がひくんと反応する。そんな桂英の体をなだめ、押さえつけるようにしてくちづけは続けられる。

「んぁ、あ……、っ、……、っ！」

背骨の形をなぞってのくちづけは、執拗で丁寧だった。これほど丹念に、余すところなく愛撫されたことなどない。くちづけのひとつひとつが生み出す快感に理性は翻弄され、掠れた声をあげながら体が熱くなっていくのを感じている。

「や……、っ、……、けい、え……、も、……、……」

ぶるり、と大きく体が震える。しかし桂英は、そんな莉星の反応にはお構いなしに愛撫を続ける。下肢に至る骨をなぞられ、くちづけられる。裤子の帯を解かれ、引き下ろされたときには大きく体が震え、桂英の手が双丘にかかったときには悲鳴があがった。

「や、……、やめ、……、っ……、そ、こ……」

「どうして？」

柔らかい肉にくちづけながら、桂英は答えた。その指が、狭間を辿っていく。濡れることのない後孔に触れられて、羞恥《しゅうち》が一気に爆発した。

「だめ……、そ、こ……、だめ、……！」

しかし桂英の唇は、秘められた後孔に触れる。そこからはぴりりとした感覚が走り、莉星は慌てて、体を起こそうとする。

「だめ、じゃない」

まるで、子供を叱る親のような口調で桂英は言った。

「俺に、見せてくれ……？　おまえが、俺を受け挿れてくれるところ……」

「や、ぁ、……あ……、っ、……、っ……」

そこに、桂英は何度もくちづけした。ちゅ、ちゅという音が耳にあまりにも淫らに響く。秘所はひくひくと震え、挿れられるものを待っているのが如実に伝わってくる。

「っ……、ん、……、っ、……！」

ひときわ大きく吸いあげられて、秘所がひくひくと震える。そこに桂英の指が這った。そっと襞を拡げられて、すると莉星の体が大きく跳ねる。

「や、っ、……、っ……」

桂英は、指の動きを止めない。そのままつぷりと一本を呑み込ませてきて、それに莉星は如実に反応した。

「あ、……、だ、め……っ、……」

「だめ、じゃないだろう？」

低い声で、桂英はささやいた。その吐息までもが刺激になる。恥ずかしいところを凝視されている感覚は耐えがたく、莉星は身を捩らせようとした。

「莉星」

しかし桂英は、莉星の体を押さえつけてしまう。そのまま指を第二関節あたりまで呑み込ませられて、莉星は裏返った声を洩らした。

「だめ、……、そ、こ……、っ……」

知っているのか知らないのか、桂英はそこで指先を動かし、出し挿れをする。襞を刺激される感覚と同時に、奥まった凝りが擦られた。それは莉星の体に直接響く部分で、莉星は何度も身を震わせた。

「……っあ、……、だ、め……、っ、……、っ」

ひくん、ひくんと体が反応する。桂英の攻めに、独り勝手に動く体を止められなくて、声を呑み込むことができなくて。莉星は掠れた嬌声をあげ続ける。

「っ……ん、っ、……、っ……」

指は内壁を擦って、滲み出る淫液をからめとる。それを塗り広げ、桂英は性急に蕾を開いていく。そこが徐々に開いて、初めての男を受け挿れるために柔らかく変化していくのがわかった。

「そ、こ……、っあ、や……、っ、ま、た……！」

男の性感に直接響くそこは、莉星に堪らない思いをさせた。このままでは、達してしまう。触れられないままの欲望が、そのまま欲液を放ってしまう。

「だ、め……、っぁ、あ……、っ……」

「だめなんかじゃ、ないだろう?」

ぐちゃぐちゃと音を立てて、内壁を抉りながら桂英はささやく。

「ここ……おまえの、感じるところなんだな。こんなに反応して、かわいい……」

「そ、んな……こ、と……っ、……!」

桂英の指が、強く凝りを擦った。ぞくぞくっ、と脳裏までを走る快感がある。それは快感でありながらも、同時に苦痛でもあって、莉星はか細い声をあげながら身を震わせた。

「ちが……、や、ぁ……、っ……、っ……ん、……!」

びりびりと、痺れるような愉悦が伝わってくる。それにつま先までを痙攣させながら莉星は、臥台についた手が震えて、いつ崩れ落ちても不思議ではないと感じる。

「も、……、そ、こ……、っ……」

「こう、は?」

「あ、……、ああ、あ……、っ!」

彼の指が、きゅっと凝りに爪を立てる。それに、何度も大きく震えた。歯の根が合わないほどに全身が震えて、まるで病——愛ゆえのどうしようもない病であるように、莉星には感じられた。

「……っあ、あ……、ああ、あ……、っ!」

腰の奥が、大きく弾ける。あ、と思ったときには同時に莉星は欲を放っていて、その場にがくりとくずおれた。

「莉星？」

桂英の声が聞こえる。なんでもない、と莉星は首を振ったけれど、それがちゃんとした形になっていたのかは自信がない。臥台の上にくずおれた莉星に、桂英がくちづけてくる。その甘い感覚に酔いながら、莉星は視線だけをあげて桂英を見た。

「……あ」

どきり、と胸を摑まれる。その顔は欲に濡れていて、紫色の瞳は今にもしたたりそうな淫らさを孕んでいて。それが、どうしようもなく莉星の胸を摑んだ。

「桂、英……」

名を呼んで手を伸ばすと、絡みついてくる指がある。ぎゅっと力を込められて、それはいつぞや、互いの手を決して離さなかったときと同じだと思った。

「抱、いて……」

掠れた声で、莉星は言った。

「抱いてほしい……、俺の、奥の奥まで知って……」

「ああ」

掠れた声で、桂英は言った。彼は手をつないだまま、ほどけた莉星の後孔をもうひとつの手の指先でなぞる。ひくりと腰がうごめき、奥まった部分がざわめいているのがわかる。

彼は手をほどき、自身の腰に手をやる。しゅるり、と音がしたのは褲子の帯だろう。彼が下衣を脱ぎ去るのをもどかしい思いで待った。桂英は、後ろからくちづけてくる。首を反らしてそれに応えながら、ほどけた秘所に熱いものが押し当てられるのがわかる。

「もう、戻れない」

切れ切れの声で、桂英が言った。

「俺たちは、もう。兄弟には戻れない……」

「いい、……、れ、でっ、……！」

ぐちゅ、と音を立ててそれが挿ってきた。挿り口の襞が拡げられる感覚には、慣れることはない。敏感な肌の重なりが左右に押され、太い雁首《かりくび》を呑み込む。

「……んっ、……、っ……！」

後ろからの挿入は、より深く抉られるような気がする。内壁がめくれあがって、感じる部分が露わになる。そこに、男の太い欲望が擦りつけられるのだ。

「ひぁ……、ッ、……、っ……」

ずく、ずくと欲望が奥へと突き進んでくる。内壁は太いもので刺激されて震え、襞が押し拡げられた。桂英がさらに深くを突いてくる。最奥までを抉られて、咽喉が大きく震えた。

「ここ……震えている。おまえが、悦んでいる……」

「そ、な……、あ、あ……、っ……！」

男とのまぐわいには慣れているはずなのに、莉星の体を貫くのは今まで味わったことのない快楽ばかりだ。身を抉られる愉悦など数え切れないほど受け止めてきたはずなのに、桂英との交わりはまるで自分が穢れのない身になったかのようだ。

「莉星……、っ、……」

「あ、……、っ、……、っ……」

桂英は、莉星の腰を摑んでゆっくりと進んでくる。ぐちゅ、ちゅとあがる音までもがあまりに色めいて、莉星の聴覚を奪う。そのたびにぞくぞくと感じさせられながら、一番太いところが挿り込んだことに気がついて、莉星は大きく息をついた。

「きつい、な」

乱れた呼気で、桂英がつぶやいた。

「おまえの中……きゅうきゅう締めつけてきて」

「……、な、こと……っ……」

「俺を悦んでくれているのが、わかる。……おまえが、俺を愛おしいと思っているのが……」

「あ、あ……、あっ！」

感じる凝りを、強く擦られる。前後に揺らされそのたびにそこは刺激され、体中にびりびりとした感覚を生んでいく。

「や、ぁ……、あ、あ……、っ、……!」

「また、締まった」

耳もとに息を吹きかけながら、桂英が微かに笑い声を立てる。その笑い声は欲情に歪んでいて、莉星の欲望をもかき乱す。

「ここ、だな……? おまえの、感じるところ……」

「ッ、ああ、……、っ、……、っ……!」

突かれる感覚に、思わず腰を突き出してしまう。すると当たる角度が変わって、莉星はますます声をあげることになった。

「……もっと、突いて」

言いながら、莉星も腰を落とそうとする。先端が挿り込み、ひくりと秘所を震わせると、桂英の声もわななないた。

「中……、抉って。深くまで、犯して……?」

彼の輪郭を辿りながら、唇を重ねる。吸って、舌をすべり込ませる。頬の内側を舐めあげると、同じ動きで彼自身が挿ってきた。

「っ、ん……、んん、……っ、……」

浅いところを、何度も突かれる。張り出した部分で挿り口を擦られて、その感覚に淡い声が洩れた。

桂英は、掠れた喘ぎ声を吸い立てる。そうやって莉星を戸惑わせながら、下肢をゆっくりと突いてくる。初めての行為に戸惑っていたのが嘘であったかのように、彼の動きは巧みだった。兄を導いていたはずの莉星は、いつの間にかその手管に乗ってあられもない声をあげることになる。

「おまえの声は、体の芯まで痺れさせる」

はっ、と熱い息を耳もとに吹きかけながら、桂英は言う。

「声だけで、達してしまいそうだぞ？　そんな……情けない男には、なりたくはないのだけれど」

「い、ぁ……、っ、って……っ……」

内壁を擦られる衝動に耐えながら、莉星は声をあげる。

「中、で……、っ、……おまえが、俺で……達くのを、感じたい」

「そのようなことを」

桂英は、苦笑半分に莉星の頭を撫でる。

「おまえの中で達くのは、心地いい……が」

「ひぁ、あ……、ああ、あ！」

「おまえの体を、もっと味わいたい。もっと、もっと……この時間を長引かせたい」

　言葉のとおり、彼はゆっくりと中を抉ってくる。徐々に、少しずつ突き込んだかと思えば、勢いよく引き抜く。その刺激に莉星が息もできないところを立て続けに突き、また莉星から呼吸を奪ってしまう。

「や、ぁ……ああ、あ……、っあ、あ……！」

　莉星は、臥台の敷布を握って衝撃を堪える。高く腰を突きあげたまま、膝はがくがくと震えてうまく体勢を保っていられない。その不安定さがますます桂英を煽るのか、不規則な締めつけに彼は低い声を洩らした。

「だ、ぁ……、っ、め……、っ……、も、も……、っ……」

「達け、……莉星」

　彼の手が、先端からしずくをこぼす莉星自身に添えられた。

「ここで、達きたいんだろう？　見せてくれ、おまえの艶めかしい姿を」

「っあ……、ん、……っあ、ああ、あ！」

　絡んできた手が、莉星自身を扱く。ざらついた手のひらで上下に擦られ、同時に後孔を押し開く欲望はさらなる突きあげを見せて、後ろと前から莉星を追い立てる。

「や、ぁ……、だめ、……、っ、……っ、！」

　扱く桂英の手に、力が籠もる。強い力で攻めあげられて、莉星はもう呼吸もできない。あ、と大きな声をあげたのと同時に、自身の欲を解き放った。

「……っあ、ああ……、っ、……、ッ……」

体中に力が籠もって、後孔にくわえ込んでいる桂英を締めあげた。彼は低く呻き、そして汚れたままの手で、ぺちゃぺちゃと音を立ててさらに莉星を擦り続ける。

「や、だ……、も、……、達った、……っ、……」

震える声で、莉星は訴える。しかしそのような声など聞こえていないとでもいうように、桂英はさらに性感を与え続けた。

「っ、や、っ……、や、ぁ……、っ、……!」

前を扱かれ、後ろを擦られて。内壁はひくひくと痙攣し、桂英を苛んでいるはずなのに。しかし彼は、性感など感じていないというような冷静な口調で話しかけてくるのだ。

「感じているだろう、莉星……?」

その声は意地悪く、まるで莉星の知っている桂英ではないかのようだ。

「もっと、声をあげろ。また達くんだ。……俺に、おまえの感じているところを……」

「ひぁ、あ……、や、ぁ……っ、……!」

どくん、と自身がまた力を得るのがわかる。桂英の手で育てられたそれは、再びの放埒《ほうらつ》を求めて震えている。それを促そうというように、桂英の手は執拗だった。

「ほら……、こっちも」

「んゃ、……っ、……ん、ん……、っ!」

ずんと衝撃があって、また下肢を突きあげられた。陽物は中を抉り、少しずつ奥へと進んでくる。そのもどかしい動きは自身を擦ってくる手とは裏腹で、それぞれの動きの不均等さについていけない。

「だ、め……、りょ、ほ……、だ、め……」

「どうしてだ？　気持ちいいだろう？」

桂英の声は、どこまでも余裕に満ちている。いつもの優しい兄、愛していると繰り返してくれる情人《こいびと》とは裏腹のふるまいに莉星は脅え、しかし快楽から逃げることもできない。

「おまえの体は、悦んでいるのに……おまえ自身は、いやだというのか？」

莉星は、ひくりと咽喉を震わせた。桂英は自分を抱くまで、男とのまぐわいの経験はなかったはずだ。その証に、歓血城では、どうすればいいのかわからないと言っていた。

しかし、今の桂英は莉星を翻弄している。莉星は桂英の腕の中、まるで莉星こそが初めての経験であるかのように体を震わせ、桂英に嬲られ、好きにされている。そのことに、かあっと体が熱くなる。このまま、まぐわいが終わらないのではないかという感覚にとらわれている。

「いやなら……やめてしまおうか？」

そう言って、桂英は腰を引いた。呑み込んだ熱杭が、じゅくじゅくと抜け出ていく。莉星は思わず後孔に力を入れて、そんな自分の反応に顔を熱くした。

「おまえも、もっと欲しいのか？」

莉星を侮《あなど》るような口調で、桂英は言う。

「欲しければ、……言え。欲しいと、言え」

「ほ、し……、あ、あ……、っ、……ほし、……、っ」

同時に、ずくんと深い部分を突かれた。莉星の声は裏返り、同時に体が激しく痙攣する。

「どこに、欲しい？」

莉星の腰を抱き、その肩に後ろから咬みつきながら、桂英は言う。

「ここの……、深い場所か？　それとも、……ここ」

「いぁ……、ああ、あ……、っ、……あ！」

桂英の欲望は、最奥を突く。しかしすぐに引き抜かれ、熱いものがじゅくじゅくと蜜洞を通り抜けていく感覚がある。それに翻弄されながら、しかし自身に与えられる快楽もまた、莉星の意識を奪っていく。

「っあ、あ……、あ、あ……、っ……」

「ここが、いいのか？　ここ……突かれると際限なく喘ぐな、おまえは」

「ひ、ぃ……、っ、……、っ、……！」

そんな莉星の反応を愉しむように、桂英がささやく。その声も莉星の知っている彼ではないかのようで、それが莉星を追い立てる。彼は莉星を堪らないと喘がせて、腰の奥に大きく響く衝撃により強い刺激を与えてくる。

「どうしてほしいのか、言ってみろ?」

莉星の耳もとに、桂英がささやきかけた。その声音にもぞくぞくする。莉星は体を震わせながら、掠れた声でつぶやく。

「や、……、も、……、れ、じょ……」

ふるり、と身をわななかせながら莉星はつぶやく。

「だ、め……も、……れじょ、だ、め……、っ……」

桂英の鋭い歯が、莉星の耳朶を咬む。それにひくりと肩を震わせ、同時に体の奥で跳ねるものを感じる。それは莉星を極みまで追いあげ、どうしようもない感覚に追い込んでいく。

「あ、あ……、ッ、……、っ、……」

莉星は、大きく身を震わせる。ぞくっとしたものが身の奥を駆け抜けていった。それは足の指先までをも震わせて、強く扱かれる莉星自身の先端から白濁が溢れこぼれていく。

「……っあ、あ……、あ、あ……、っ、……」

大きく、何度も呼吸する。それでも絶頂の余韻には浸っていられなかった。後孔を犯す欲望はなおも大きく莉星を攻め立て、伝わってくる感覚はなお脳裏をかきまわす。

「い、や……、っ、……、っ」

「おまえのここは、こんなに悦んでいるのに?」

莉星の背を舐めあげながら、桂英がささやいた。

「ほら……、こんなにひくひくして。もっと欲しいか？」

「や、……ちが、違う……、そ、んな……」

臥台についていた手は、とうに力を失ってただ敷布を掴むだけになっている。その指先もふるふると震え、莉星の体を支えているのは後孔を突きあげる桂英の欲芯だけだ。

「ち、が……、っ、……、っ……」

「ここを、こうしてほしいんじゃないのか？」

桂英の指が、繋がった部分に触れてくる。腫れあがった襞に指が這い、莉星は裏返った声を洩らす。自分のものではないような声にぞっとしたけれど、嬌声は立て続けに溢れてくる。

「ほら……、こんなに震えて。触れるたびに、中から露が溢れてくる……」

「やぁ、あ……、っ、……、っ、……！」

彼はそのまま、後孔に指をすべり込ませてきた。太い欲芯を呑み込んでいるそこに、さらなる太さはあまりにもきつかった。襞を拡げられる感覚に莉星は喘ぎ、自分でも気づかないままに哀願の言葉を洩らしていた。

「も……、ゆる、し……、っ、……、て……」

泣き声混じりに、そう言った。中に挿り込んでいた指が、侵入を止めた。

「ゆるし……、て……、っ、……ね、が……っ」

　ふふ、と桂英の笑い声が聞こえる。指が引き抜かれたことにほっとしたものの、そのまま腰に指を絡められ、耳に音の立つくちづけをされた。

「仕方ないな……、俺の、莉星」

　甘く、ささやくように彼は言う。

「望みどおりにしてあげる……おまえが、欲しいもの」

　ひくり、と莉星の体が跳ねる。また、欲しいものを言わされるのだろうか。それを言うまで、達かせてはもらえないのだろうか。

「これ、だろう……？」

「っあ……、ああ、あ……、っ、……！」

　ずんと、強く突きあげられた。今まで焦らされていた最奥を突き立てられ、咽喉の奥まで迫りあがる快感があった。いきなり突かれたことに、目の前に飛び散ったものがあった。ずく、ずくと突きあげが大きくなるたびにそのきらめきは多く激しくなり、莉星の視界を奪ってしまう。

「っ、ん……、ん、ん……、っ、……、ぅ……、っ！」

「は、っ……、っ……」

　桂英の、低い声が聞こえる。彼も感じていることに莉星の悦びは増す。彼の顔を見たくて、無理な姿勢から背を捻《ひね》ると後ろを見た。

「ん、……、っ、……」

そんな莉星の唇を、桂英が奪う。体勢のせいでうまく唇は重ならなかったけれど、触れ合った柔らかさと温かさが心に沁みた。

「っ、んぁ、……桂、英……、っ……」

「……、莉星」

桂英の手は莉星の腰を摑み、なおもずくずくと突きあげてくる。内壁の擦られる感覚に喘ぎながら、触れられる柔らかさに酔いながら、莉星は己を解き放つ。

「や、ぁ……、っ、……、っ、……」

「……く、……っ、……」

同時に、秘奥が熱く弾けたものを感じる。続けて突きあげられるとたまらない快感があって、放ちながら莉星は身を捩る。

「で、て……、る……、桂、英の、……、っ……」

「ああ、……、おまえの、中に」

深い息を吐きながら、桂英は莉星を抱きしめてくる。その腕に強く包まれ、莉星は安堵《あんど》の吐息をついた。

「ぜ、んぶ……、っ、……?」

「ああ」

乱れた呼気とともに、桂英がつぶやく。

「全部……おまえの、中に」

「嬉しい」

莉星はささやき、その体を桂英が抱き寄せた。じゅくりと音がして欲芯は抜け出てしまい、しかし胸を合わせて抱きしめてもらえるのは、なによりも心地いいことだった。

「莉星」

桂英は、わななく声でささやいた。

「愛している」

「……愛している。ずっと」

ふたりの声は混ざり合い、重なり合う。唇は自然に近づき、そっと重ねるだけのくちづけを交わす。

それぞれの唇は、互いの名を呼び合った。まるでそれ以外の言葉を知らないかのように名は繰り返し紡がれ、抱き合って互いの体温を感じ合う。

今はただ、これで充分だった。

采葛《こいごころ》

CHARADE BUNKO

この湖に近づくのは、初めてだった。

莉星《りせい》の家世《いえ》の敷地の一角であるとはいえ、湖は大きく深かった。小さいころは危険だから近づいてはいけないと言われていて、もうすぐ二十歳になろうという今では、自ら訪れることなど思いもしなかった。

湖は、天鵝湖《はくちようこ》と呼ばれていて、季節になれば名のとおり天鵝がやってくるのだという。今はその季節ではないから、静かなものだ。

「莉星」

隣を歩いていた桂英《けいえい》が、声をかけてくる。莉星はうなずいた。桂英の手は、右手が莉星の手を取っていて、もう一方の手は大きな竹籠《たけかご》を持っている。

「莉星、どうした?」

「なんでもない」

莉星は、桂英に連れられて歩き始める。下草は柔らかく、緑鮮やかだ。

「ご機嫌だな?」

「……まぁ、な」

事実、莉星はうきうきとしながら歩いていた。それは桂英と一緒だからだということもあるし、野游《のあそび》など幼いころ以来だということもあった。

「この湖……こんなに、大きいんだな」

莉星が指を差すと、ああ、と桂英はうなずいた。

「霧があるときは、向こう岸が見えないらしいからな。深くて……うちの食卓に載る淡水魚は、みんなここで獲《と》れているって話だ」

「本当なのか？」

莉星の家族は両親と桂英の四人だけだけれど、男も女も、たくさんの傭人《しようにん》がいる。彼らの腹すべてを満たすほど魚が獲《と》れるというのは、にわかには信じがたい。

「さぁな」

いたずらめいた表情でそう言うと、桂英は駆け出した。莉星は慌てて、彼を追う。

湖の縁には石畳があって、湖のような青に塗られた涼亭《あずまや》が建っている。桂英がその中に入ったので、莉星も倣った。中には卓子《テーブル》と倚子《いす》があって、桂英は手にしていた竹籠を卓子の上に置いた。

「なにが入っているんだ？」

「午餐《ひるごはん》」

桂英は言って、蓋《ふた》を開ける。中には小さな竹の葉の包みがいくつも入っている。竹籠は何層にもなっていて、すべてにたくさんの包みが入っていた。

「用意がいいな」

「おまえとさ、野游なんて今までなかったから。皆、張りきってくれた」

「楽しみだな」

莉星は、ひとつの包みをそっと開けた。出てきたのは炸肉餅《コロッケ》で、朝作ったのなら時間が経《た》っているであろうに、まだ充分に香ばしい香りがした。

「……食ってもいい？」

「まだ午餐には早いだろうが」

桂英は呆《あき》れたように言ったけれど、莉星は小さく舌を出して、ひとつ抓《つま》む。炸肉餅はかりりと歯ごたえよく、旨《うま》みが口の中に広がった。

「美味《うま》い」

「じゃあ、俺も」

ふたりで、同じ料理を囓《かじ》った。そのことがなんとも嬉《うれ》しくて、口を動かしながらじっと桂英を見ていると、彼は不思議そうな顔をした。

「なんだ？」

「なんでもない」

そう答えるのはもう何度目かになるけれど、ともすれば突《つ》っ慳貪《けんどん》なもの言いを、しかし桂英は気にした様子はない。

それが糯米雞《ちまき》であることがわかった。

「俺は、嬉しいな」

桂英は、もうひとつの包みを開いた。中にはさらに包みがあって、それが糯米雞《ちまき》であることがわかった。

「おまえの、そんな顔が見られて」

「そんなって……、どんな？」

「嬉しそうな顔だよ。おまえ、いつも顔色悪くて……なんにも面白くないって顔してて。これでも、心配してた」

「……ありがとう」

今までの莉星なら「放っておいてくれ」とでも言うところだ。しかし今の莉星は、少なくとも桂英の前では素直になることができる。こんな自分を受け入れてくれる彼を、慕っていて——愛している。

「そういうふうに言ってくれるのは、桂英だけだ」

「そんなこと、ない」

桂英は、慌てたように言った。

「言っているだろう？　父さまも母さまも、心配している。おまえが、そんな顔を……父さまたちにも見せてくれたらいいんだけど」

炸肉餅を囓りながら、莉星は黙った。そんな彼を見て、桂英は慌てたように言った。

「いや、もちろん今すぐにじゃない。おまえがその気になったらで、いいんだけど」

「うん」

桂英は受け入れてくれたけれど、両親もが莉星を容認してくれるかどうかは、また違うと思う。莉星の存在は家名に泥を塗るものでこそあれ、決して歓迎できるものではないからだ。

隣の包みは翠緑菜苗餃《やさいギョウザ》、その隣は水晶鮮蝦餃《むしえびギョウザ》。蠔皇叉焼包《チャーシューまん》。雞球大飽《とりにくまんじゅう》。竹籠の中にはさまざまなものが詰め込まれていて、厨《くりや》の者たちの心遣いがわかる。

「このまま見ていたら、全部食べちゃいそうだ」

ひととおり中身を見た桂英は、莉星の台詞に悲鳴をあげた。

「午餐には、まだ早い。あとでだ」

まるで莉星が、こっそり中身を食べてしまいかねない小さな子供であるかのように、桂英は言った。莉星は思わず、笑ってしまう。

「あっち行こう。湖、見に行こう」

そう言って桂英は、莉星の手を取った。先ほどのように引っ張られて、水辺にまで歩いていく。

ふわり、と涼しい風が吹いた。それに身を包まれて、莉星は思わず息をつく。これほどに爽《さわ》やかな心地になったのは、いつ以来だろう。日がな一日房屋《いえ》の中に閉じこもっていて、清涼な空気を吸うことなど忘れていたような気がする。

「気持ちいい……」

莉星がつぶやくと、桂英はぱっと笑顔を見せた。莉星が楽しんでいることを喜んでいるようだ。彼は手を伸ばして、桂英の手を取る。と、いきなり抱きあげたのだ。

「な、な……にっ、……！」

「おまえ、軽いな」

抱きあげることなどなんでもないように、桂英は言った。

「ちゃんと食ってるか？　ちゃんと食ってないと、年取ってから困るぞ？」

「なんだよ、そんな、年寄りじみたこと！」

桂英の腕の中で、莉星はじたばたとした。しかし彼の腕は強く、莉星のふたりや三人、悠々と抱きあげてしまいそうだ。

「いいから、足。こっちに」

「足？」

莉星は、言われるがままに黒い沓靴《くつ》を履いた足を差し出した。桂英の手は、それをひょいと脱がせてしまう。

「なにするんだ！」

「濡《ぬ》れるだろう？」

やはり、淡々と桂英は言った。

「脱いどかないと、濡れた沓靴で帰る羽目になるぞ」

「脱いでどうするんだ」

「入るんだよ、湖に」

桂英の言葉に、莉星は目を白黒させるばかりだ。桂英は裸足《はだし》になった莉星を水の中に立たせた。くるぶしほどまで水に浸《つ》かり、その冷たさに声をあげたものの慣れてみるとその冷たさは心地よかった。

「気持ちいい……」

「だろう?」

そう言う桂英も、自分の沓靴をぽいぽいと脱いでしまう。自分も水に浸かると、桂英の手を引っ張った。

「こっち。しばらくは深くないから。大丈夫だ」

「詳しいな。おまえ、入ったことがあるのか?」

「そりゃ、湖くらい」

ことなげに、桂英は言った。

「おまえは? 入ったことないのか?」

「だって……小さいころは、だめだって言われていたし。口うるさいことを言われなくなってからは、考えもしなかった」

そんなものか、と桂英は首を傾《かし》げる。

「でも、なら今から経験すればいい。その調子じゃ、魚釣りも野駆けもしたことがないだろう。俺が、連れていってやる」

「うん、……楽しみにしている」

今の莉星には、あまり興味の持てないことだったけれど、しかし桂英が興味あるものなら、莉星も気に入るだろう。ふたりでなにかをできるというのは、嬉しいことだ。

ふたりは手を繋《つな》いで、水の中に入っていく。

「足の裏が、痛い」

「まぁ、そりゃ沓靴がないからな」

なんでもないことのように、桂英は言う。

「でも、それにも慣れる。莉星は、今までずっと房屋《いえ》の中から出なかったんだから。こうやって、少しずつ慣れていけばいいんだ」

「う、ん……」

手を取ってくれる桂英が、眩《まぶ》しかった。言っているのはたいしたことではないかもしれない。しかしそれは莉星にとって今までにない人生の第一歩であり、それを導いてくれるのが桂英だというのは、なによりも嬉しいことだった。

「あ」

桂英が声をあげたので、莉星もそちらを見た。なにかが、光ったような気がする。

「魚だ」

「魚？　こんなに近くまで来るものなのか」

「まぁ、たまに見る。でもそんな、毎回じゃない。おまえ、運がよかったな」

見たとは言っても、光っているものをちらりと目の端に留めただけだ。それで運がいいと言えるのかどうかはわからなかったけれど、桂英が嬉しそうにそう言ってくれたので、いいことにした。

「こうやって、桂英と外に出れば」

莉星は、彼の手をきゅっと摑《つか》んでささやいた。

「もっと、いろいろなものが見られるか？　俺の知らない、いろんなもの……」

「ああ、もちろんだ」

手を握り返しながら、桂英は頼もしくうなずいた。

「今度は、集市《いち》にも行こう。珍しいものが見られる。地方や外国からやってきたものとかも、たくさん」

莉星は微笑《ほほえ》んだ。まだ見ぬものに興味を惹《ひ》かれたというのもあるけれど、それ以上にその話をする桂英の表情が愛《いと》おしかったからだ。

「いつ、連れていってくれるんだ？」

「おまえさえよければ、明日にでも。いつだって、あそこは楽しいところだ」

桂英の笑顔に見とれていた莉星は、一歩足を踏み出す。足の裏に、なにか丸いものを感じた、と思った瞬間、足がすべった。

「わ、あ……!」

そのまま、ばしゃんと水の中に落ちてしまう。手を繋いでいた桂英も同様で、ふたりして腰ほどまで水に浸かってしまった。

「は、ずぶ濡れ」

「おまえもな」

ふたり、少し呆然《ぼうぜん》としたのち、噴き出してしまう。ふたりの笑い声は、湖の向こうにまで風に乗って飛ばされていった。

「最初は冷たいと思ったけど、こうやってみると……意外と、冷たくないな」

「そうか？　早くあがろう。このままだと、風邪《かぜ》を……」

莉星はそう言って、立ちあがろうとした。しかし桂英が、手を離してくれない。

「桂英？」

「まずい」

彼は、呻《うめ》くようにそう言った。

「なにがまずいんだ？」

「欲情した」

彼が淡々とそう言ったから、最初はなにを言っているのかわからなかった。ややあってその意味、そして彼が水からあがれない理由に気がついて、莉星は顔を火照《ほて》らせた。

「ば、ばか！　こんなところで、なに言っているんだ！」

「おまえが悪いんだぞ」

桂英は指を差す。莉星は自分を差されて、ますます啞然《あぜん》として目を見開く。

「おまえの袍《ほう》が、濡れて。……そんな、ふうに」

今日は季候のいい日だったので、薄い袍しか着てこなかった。なんといっても、ここは家《い》世《え》の敷地内なのだ。寒くなれば掛子《うわぎ》を取ってくればいいだけの話だ。

「目の毒だ」

「そ、そんなの、俺のせいじゃない！」

莉星は憤慨した。しかし桂英はなおも莉星の姿を見つめるばかりで、居心地が悪い。

「とにかく、水からあがれ……本当に、風邪をひくぞ」

「莉星」

呼ばれて、手を引かれた。莉星は均衡を失ってよろめき、桂英の腕の中に倒れ込んでしまう。

「なにする……」

「黙って」

桂英は、ささやいた。そして莉星の唇に、自分のそれをそっと重ねる。

ふわり、と体中を包んだ温かさに、莉星は目を閉じる。桂英に抱きしめられてくちづけられて、これ以上の幸福はなかった。その甘さに酔いながら、しかし胸をすべってくる手の存在に気がついた。

「莉星……」

「おまえだって……ここ。尖《とが》らせているくせに？」

「こ、れは……、水が、冷たいからだ！」

莉星はそう言い張ったけれど、あるいは桂英の言うとおりかもしれない。薄い袍は濡れて、肌に貼《は》りついている。胸に小さく飛び出している突起がなんなのか、そしてそれが桂英を誘ったのだとしたら——彼の唇に酔った時点で、莉星も同罪だ。

「それだけだとは思えないけどなぁ」

「や、……、っ、……！」

彼の指が、不埒《ふらち》に這《は》った。布越しとはいえ、先端に触れられるだけでびくりとしてしまう。その衝撃が体内に伝い来て、男の欲望がゆるゆると勃《た》ちあがった。

「ん……、ん、んっ……」

桂英は、胸もとに顔を寄せてくる。右の乳首は唇で吸い、もう片方を指で抓む。てんでに

違う力で吸われ、抓まれ、すると莉星もだんだんと欲情の色にとらわれていく。目の前の桂英しか見えず、その与える愛撫《あいぶ》しか感じられなくなっていく。

「や、ぁ……、桂、英……、っ……」

「莉星」

掠《かす》れた声で、名を呼ばれた。莉星はふいと目を開け、すると桂英が上目遣いでこちらを見ている。その紫色の瞳《ひとみ》がじっと自分を見つめていることに、かっと羞恥《しゅうち》が湧《わ》きあがった。同時にここが屋外で、いつ誰が来てもおかしくない場所であることを思い出す。

「だ、め……、桂英……、っ……」

彼の肩に手を置き、押し戻そうとした。しかし桂英の体は力強く、莉星の細い腕では思うままにならない。

「一回だけ、って……言った、のに……」

たった一回だけの行為に、すべてを捧《ささ》げた。最後だからと、なにもかもを燃やした。だから桂英の、二度目の求めに戸惑ったのだ。

「……ん、っ、……」

そのままくちづけに力を込めて、きゅうと吸うものだから莉星はまた声をあげて、桂英の腕の中に収まるしかなかった。

「こん、な……、ところ、で……、っ……」

「どうせ、誰も来ない」

莉星の胸を舐《な》めあげながら、桂英は言った。莉星は、ひくりと体を震わせる。

「兄弟《きょうだい》水入らずでいたいから、誰も来るなって言ったんだ……夕方になるまで、ふたりだけにしてほしいってな」

「こ、の……、っ、……」

罵《ののし》ってやりたいのに、声にならない。莉星は、はくはくと荒い息を洩《も》らしながら、桂英の背を拳《こぶし》で叩《たた》いた。

「そんな、かわいらしいことをしたって無駄だ」

くすくす笑いながら、彼は胸もとを愛撫する。その動きがあまりにも的確で、莉星はそれ以上の抵抗ができない。握った拳も、すぐに彼の背中を撫《な》であげるものにしかならない。

「自惚《うぬぼ》れるぞ……？」

途切れ途切れの声で、莉星は言った。

「おまえが、真実俺を愛しているって……俺のことだけ考えてるって、……そう、誤解するぞ？」

「誤解じゃない」

桂英の手が、胸をすべる。そのまま濡れた袍を押しあげて勃起《ぼっき》している自身に触れられて、びくりと震える。彼の手はその形をなぞり、それだけでもたまらない刺激だったけれど、続けて腰に手をすべらせて腰帯をほどいたのだ。

「桂英！」

「なんだ……、してほしくないのか？」

莉星が、そのようなことを思っているなどと信じていない口調で、桂英は言った。

「こんな、勃たせて。もう、こぼしているんだろう……？」

「や、ぁ、……、っ、……」

彼は、やはり布の上から吸いあげながら腰帯をほどく。濡れた褌子《こず》は、肌に貼《は》りついて脱がせにくい。それを器用に剝《は》ぎ取って、下ろしてしまう。

彼の目の前に、晒《さら》してしまった。しかもここは屋外だ。莉星の羞恥は振り切れてしまいそうになるけれど、桂英は舌なめずりをして、そして莉星の欲を唇で包む。

「っ、……、う、……、っ、……」

ざらりとした舌で、舐めあげられる。何度も、根もとから先端までを辿《たど》られた。莉星の羞恥とは裏腹に、欲望は悦《よろこ》んで愛撫を受け止める。先端からたらたらと蜜《みつ》をこぼし、それを舐め取られるのにますます力を得た。

「や、ぁ……、っ、……、っ……！」

先端に、少し歯を立てられる。ぴりっときた刺激は、しかし痛くはない。それどころか味わったことのない快感で、莉星は目を見開く。

「な、っ……、こ、んな……、っ……」

「感じたみたいだな」

嬉しそうに桂英は言って、全体を口に含むときゅうと吸いあげる。それに体中を走る衝撃があって、莉星は大きく下肢を震わせる。どくりと衝撃があって、己のすべてが桂英に持っていかれてしまったことに気づく。

彼は、ごくりと咽喉《のど》を鳴らす。なにを呑《の》み込んだのかは、確かめずともわかる。莉星はとっさに桂英の顎《あご》を掬《すく》い取り、彼の唇にくちづけた。

「ん、……、っ、……、っ……」

まだすべてを呑み込んでいなかった桂英の口から、苦くぬるりとしたものが流れ込んでくる。それを、目をぎゅっとつぶって舌に乗せた。嚥下《えんか》すると、ちゅくりと音を立ててくちづけがほどけた。

「無理しなくていいのに」

「おまえが……、甘いとか、言うから」

少し涙目になりながら、莉星は呻いた。

「でも、全然美味くない。こんな、不味《まず》いの……」

「莉星のだから、いいんだ」

唇に舌を這わせながら、桂英は言う。

「おまえのだと思えば……なんだって、美味だぞ?」

「悪趣味」

そう言ってやって、莉星は桂英に抱きついた。放ったばかりの下肢を彼の欲望に擦《こす》りつけると、目の前の男っぽい咽喉が、ごくりと鳴った。

「……いいのか?」

「おまえが、人払いをしたんだろうが」

これほどに煽《あお》られて、我慢できるはずがなかった。莉星は手を伸ばして、桂英の腰帯に触れる。もどかしい思いで結び目をほどき、彼の褲子を引き下ろした。

「は、やく……」

彼の先端を摑み、秘所に擦りつける。その流す粘液で挿《い》り口を潤し、そしてまた欲望の先を押しつける。少しだけを呑み込んで、はっと息をつく。

「無理するな……?」

「無理、じゃない」

昂奮《こうふん》に掠れた声で、莉星は言った。

「早く……、待て、ない。から……」

そう言って、潤んだ瞳で彼を見あげる。視線が合った彼は、戸惑うように莉星を見ていた。

その手が、腰にすべる。引きあげられて、あっと思う間もなく後孔《こうこう》を貫いて彼が挿《はい》ってくる。

「やぁ……、っ、……、っ、……ぅ、……」

それは、労《いたわ》るようにゆっくりと挿ってきた。溢《あふ》れる淫液で秘所を濡らしながら、先端が襞《ひだ》を拡《ひろ》げる。大丈夫だとは言ったものの、やはりまだ慣らし足りない肉は、軋《きし》みをあげた。

「っ……、く……、っ、……っ」

「莉、星」

欲情に染まった声で、桂英が尋ねる。

「やっぱり、無理じゃないか？　ここ、じゃなくて」

「い、や……、っ……！」

わがままな子供のように、莉星は声をあげる。

「桂英が、欲しい……こ、こで……おまえを、……」

すっと息を呑み、ずくりと腰を落とす。すると一番太い部分が肉を押し拡げて、莉星は声をあげた。

「莉星……」

「いや……、こ、の……まま……」

ぴりぴりと伝わってくる痛みは、しかし体を巡る間に快楽となる。指先に伝ったのは震えが起きるほどの快感で、莉星は大きく身震いした。

「あ、っ、……、っ、……っ」

中が、熱く疼《うず》いている。早く欲しいとねだっている。腰を揺り動かすことでそれを押しとどめると、欲望がさらに奥に挿り込んだ。中ほどまでを呑み込んで深く息をつくと、突き込まれている熱杭《ねつくい》が馴染《なじ》んでいくような気がする。まるでこうしていることが、あたりまえであるかのように。こうやって繋《つな》がっていることが、ふたりの自然な姿であるかのように。

「や、ぁ……、桂英……、桂、英……っ」

迫りあがってきた衝動に、莉星は声をあげる。桂英に縋《すが》りつくと、彼は強く抱きしめてくれる。

「莉星……、いく、ぞ」

彼はそうささやいて、莉星をしっかりと抱きしめたまま突きあげてきた。

「いぁ、あ……、っ、……、っ……」

じゅくり、と内壁を擦りあげられて、莉星は身を反らせる。すると呑み込んだ角度が変わり、ますますの愉悦が膨れあがった。

「っ、ああ、……、っ……、っ！」

「く……、ぅ……、っ……」

桂英の欲望は、より質量を持っているように感じた。それとも莉星の蜜洞《みつどう》がきついのか。ふわりと風が髪をなびかせて、ここが屋外であることを知らしめる。そのことが、莉星をより感じさせているのか。

「ひ、ぃ……、や、……、っ、……、ん、んっ！」

ずんとした衝動があって、最奥まで突きあげられたことを感じる。見開いた莉星の目には、苦しげな桂英の顔が映る。

「桂英……、っ、……」

すると彼も名を呼んできて、唇が自然に重なった。ちゅく、ちゅくと重ね合わせるだけの交わりを繰り返す唇とは裏腹に、下肢は深くまで繋がって、淫猥《いんわい》な音を生み出している。

「んぁ……、っ、……、ん、っ」

彼の欲望は、深い部分を何度もかき乱した。襞を拡げられてその奥を擦られ、びりびりとした感覚に震える莉星は、いきなり抜かれてその喪失感に息を呑む。

「や……、っ、……ん、……、っ」

それは抜け出るほどに引かれ、複雑に折り重なった襞をかき乱す。雁首《かりくび》が蜜口を擦り、押し拡げられる感覚に息を呑んだところでまた突き立てられた。

「あ、……、っ、……や、……桂、英……っ」

「抜かれるのは、いやか？」

莉星の唇を舐めあげながら、桂英がうたうように言った。

「もっと、突きあげてほしい？　深いところまで……」

「……っ、と……、も、っと……」

途切れ途切れの、掠れた声で莉星は訴える。

「もっと、桂英、が、……ほし……」

ふっと、甘い吐息が唇に触れる。ちゅっと音を立ててくちづけながら、桂英はまた下肢で抉《えぐ》ってきた。

「あ、あ……ああ、……あ！」

莉星の手は、桂英の背にまわる。がりりと立った爪は彼に痛みを与えることはなかっただろうけれど、いっそ痕《あと》をつけたいと思った。痕をつけて、これは我がものと所有する——彼に抱かれるのは自分だけであることを、皆に知らしめたかった。

「桂英、桂、英……、っ……」

突きあげられかきまわされ、快楽の中枢を刺激されながら、莉星は声をあげた。桂英もまた莉星の体を抱きしめて離さず、その力は莉星を離さないというかのようで——嬉しかった。

「いぁ、あ……、っ、……、っ……」

深い部分で腰を使われ、ぬめる肉をかきまわされる。ぐちゅぐちゅとあがる音が耳を刺激して、それにも感じさせられる。莉星の嬌声は風を縫い、あたりを淫《みだ》らな色に染めていく。

「も、……っ、も……、ぅ……」

ふたりの腹の間で、擦れている欲望が震えている。先端から蜜を流しながら、それは限界を訴えていて、莉星が腰を震うと桂英が掠れた喘《あえ》ぎを洩らした。

「達《い》、く……、あ、あ……、っ……」

「ん……、達って」

莉星の耳の縁を囓りながら、桂英がささやく。

「俺も、……達く。莉星の中、で……」

「あ、あ……、っ、って……、っ……！」

はっ、と乱れた呼気が溢れる。莉星は大きく身震いし、同時に白濁を解き放つ。下半身は震え唇はわななき、指先までもがくがくとする。歯の根の合わないほどの快楽の中、新たな愉悦が波のように覆い被《かぶ》さってくる。

「っ、ん、……、ん……」

桂英が、耳もとで声を洩らした。同時に体の奥に重い衝動があって、莉星は体を反らせた。

「いぁ……、っ、……、ッ、……！」

体の奥で、熱が弾《はじ》ける。それを受け止めながら、莉星はなおも荒い息をついた。

「……っあ、……あ、あ……は、っ、……」

「莉星」

繋がったまま、彼がささやく。立て続けの快楽に目の前もはっきりしない莉星は、まばたきをしながら桂英を見た。

「……莉星」

「桂英」

ふたりは、互いの名を呼ぶ。体内にいまだ息づく愛おしい熱を感じながら、目を閉じるとくちづけが落とされた。きゅっと吸いあげられて、吸い出された舌を舐められてまたびくびくと体が震えた。

「一日《いちじつ》見ざざれば、三月《さんげつ》の如《ごと》し」

掠れた声でそうつぶやくと、桂英が首を傾げた。

「一日見ざれば、三秋《さんしゅう》の如し」

「なんだ、それは？」

「詩だよ」

おぼつかない口調で、莉星は答える。

「恋心を、うたう詩」

「女みたいなことを」

言って、桂英は笑う。彼が声を立てると、繋がった部分に響いて莉星は声をあげた。

「……愛している」

「俺も……、愛している」

何度交わしたかわからない言葉を飽きず繰り返し、ふたりはくちづけを交わす。湖の上をすべった風がふたりを包み、抱きしめては去っていった。

ふたり、濡れ鼠《ねずみ》のまま房屋に戻る。桂英の房間《へや》には佣人が三人いて、髪まで濡れたふたりを前に湯だ布だとひとしきり騒ぎになった。

「麗麗《れいれい》さまが、おいででした」

「母さまが？」

濡れた衣を拭《ぬぐ》いながら、ふたりは目を見合わせた。もっとも莉星の離れにならともかく、桂英の房間に来ることは驚くようなことではない。

「なんでも、また人攫《ひとさら》いが出たそうです」

莉星たちは、また目を見交わす。

「麗麗さまが、それはそれはご心配になって。おふたりはどこなのかって、ひとしきりお騒ぎでした」

母が、湖に人をやれと言わなくてよかったと思った。あのような光景を見たら、母は失神していたかもしれない。

「わたしが申しあげることではありませんが、お気をつけください。おふたりに関係ないことではないのですから」

「もっともだ」

傭人が下がり、扉を閉じたのと同時に桂英が言った。すでに乾いた袍に着替えていて、今は濡れたままの髪を拭っている。

「皐緋《こうかく》は……まだ、歃血城《そうけつじょう》にいるのだろうな」

「人攫いなんて……もう皆、警戒しているだろうに」

莉星も、髪を拭っている。そんな彼を目をすがめて見つめている桂英に、莉星は言った。

「だいたい、あんな大きな城……集められた人々も。うつくしい者と交わるのが目的だと言っていたけれど。そうやって生命力をあげるんだって……」

「非現実的な」

吐き捨てるように、桂英は言った。

「あの容姿からしても、遠い国から来たに違いない。南の国には……黄金が溢れる泉を持つ者もあるという。あいつは、そういうやつなのかもしれない」

それこそばかばかしいと思ったけれど、しかし莉星には、ほかに皐緋の遊蕩《ゆうとう》を説明できる術《すべ》を持たなかった。

桂英は、じっと莉星を見た。

「皐緋も、俺も。死んでいない」

「ん……?」

急になにを言い出すのかと思った。莉星が首を傾げると、桂英は小さく苦笑する。

「おまえが、気にしていたことだよ。おまえを抱いた者は、不可解な死を遂げる」

「……まだ、わからないじゃないか」

莉星は、ぶるりと身を震わせた。それは、髪が濡れているからばかりではない。

「そんなこと……明日、明後日《あさって》。ひと月後、一年後……」

「俺は、死なない」

不安な莉星の言葉に、被せるように桂英は言った。

「俺は死なない。そりゃ、年を取れば死ぬだろうけれど、それは妲己《だつき》の呪《のろ》いのせいなんかじゃない」

「で、も……」

「俺を信じろ」

言い淀《よど》む莉星の背を押すように、桂英は続けた。

「それとも、信じられないか？　弟に欲情する男の言うことは？」

「そんなこと、ない……！」

莉星は声をあげた。桂英は倚子から立ちあがり、莉星のもとに歩いてくる。

「では、そんなことは忘れろ。おまえは、妲己なんかじゃない……俺の情人《こいびと》として、この先を生きるんだ」

桂英、と莉星は小さくつぶやいた。桂英は目を細め、莉星の肩に手を置くと顔を近づけてくる。

「愛しているよ……」

そして、唇を塞《ふさ》がれた。今までにくちづけは何度もしてきたけれど、これほど甘く、情熱的で熱の籠もったものは、初めてだった。

唇を交わして、手を触れ合わせて。互いの熱を感じ取りながら、ふたりは再び、愉悦の世界に堕《お》ちていく。

あとがき

こんにちは、雛宮さゆらです。シャレード文庫では初めまして。今回（も）ファンタジー中華ですが歴史上の云々は考慮されておりません。終章のあとのおまけの短編は、周時代の詩集『詩経』の『采葛《こいごころ》』という詩で、本文で莉星が口ずさんでいる内容がそれです。そんなわけで一応中国史は踏まえたうえですが、あくまでも私の妄想です。

それにしても、装画を担当していただいたMAM☆RU先生の臯獺の威圧感ときたら！　担当さんとふたりで「すごい迫力ですね……」と固唾を呑んでおりました。まさに、『臯獺』という名がふさわしい。そのうえ莉星はアンニュイで色っぽく、桂英は男らしくかっこよく、それぞれのキャラが生き生きと描き出されていて「この子たちはこういう顔してたんだ」と感動しました。本当にありがとうございます！

お世話になっております担当さん、そしてなによりも、お読みくださったあなたへ。少しでも楽しんでいただけておりましたら嬉しいです。またご縁のありますことを願いつつ。

雛宮さゆら

雛宮さゆら先生、MAM☆RU先生へのお便り、
本作品に関するご意見、ご感想などは
〒101-8405
東京都千代田区三崎町2-18-11
二見書房　シャレード文庫
「妲己の恋～中華艶色譚～」係まで。

本作品は書き下ろしです

CHARADE BUNKO

妲己《だっき》の恋《こい》～中華《ちゅうか》艶色譚《えんしょくたん》～

【著者】雛宮《ひなみや》さゆら

【発行所】株式会社二見書房
東京都千代田区三崎町2-18-11
電話　03(3515)2311[営業]
　　　03(3515)2314[編集]
振替　00170-4-2639
【印刷】株式会社堀内印刷所
【製本】ナショナル製本協同組合

落丁・乱丁本はお取り替えいたします。
定価は、カバーに表示してあります。

ISBN978-4-576-15180-9

http://charade.futami.co.jp/